◤ Italo Calvino

伊塔洛·卡尔维诺

不存在的骑士

Il cavaliere inesistente

Italo Calvino
伊塔洛·卡尔维诺

不存在的骑士
Il cavaliere inesistente

[意大利] 伊塔洛·卡尔维诺/著　　吴正仪/译

译林出版社

图书在版编目(CIP)数据

不存在的骑士 /（意）伊塔洛·卡尔维诺著；吴正仪译. —南京：译林出版社，2023.10
（卡尔维诺百年诞辰纪念版）
ISBN 978-7-5447-9783-2

Ⅰ.①不… Ⅱ.①伊… ②吴… Ⅲ.①长篇小说 – 意大利 – 现代 Ⅳ.①I546.45

中国国家版本馆 CIP 数据核字（2023）第 087755 号

Il Cavaliere Inesistente by Italo Calvino
Copyright © 2002, The Estate of Italo Calvino
This edition arranged with The Wylie Agency (UK) Ltd
Simplified Chinese edition copyright © 2023 by Yilin Press, Ltd
All rights reserved.

著作权合同登记号　图字：10-2018-427 号

不存在的骑士 [意大利] 伊塔洛·卡尔维诺 ／ 著　吴正仪 ／ 译

责任编辑	金　薇
装帧设计	合和工作室
校　　对	杨　征
责任印制	闻媛媛

原文出版	Arnoldo Mondadori Editore S. p. A., Milano, Italia
出版发行	译林出版社
地　　址	南京市湖南路 1 号 A 楼
邮　　箱	yilin@yilin.com
网　　址	www.yilin.com
市场热线	025-86633278
排　　版	南京展望文化发展有限公司
印　　刷	江苏凤凰通达印刷有限公司
开　　本	787 毫米 ×1092 毫米　1/32
印　　张	6.125
插　　页	2
版　　次	2023 年 10 月第 1 版
印　　次	2023 年 10 月第 1 次印刷
书　　号	ISBN 978-7-5447-9783-2
定　　价	35.00 元

版权所有·侵权必究

译林版图书若有印装错误可向出版社调换。质量热线：025-83658316

01

　　法兰克王国的军队列阵于巴黎的红城墙之下。查理大帝即将来此阅兵。官兵们已恭候三小时有余，天气闷热。那是一个初夏的午后，浮云布满天空，显得有点阴沉，套在盔甲里的人犹如焖在文火的锅里。在纹丝不动的骑兵队列中并非无人晕倒或作昏昏然状，然而盔甲无一例外地以同样的姿势昂首挺立在马鞍上。蓦地响起三声军号令，头盔顶上的羽毛"唰唰"地响动起来，仿佛沉闷的空中吹过一阵清风，将那种海啸似的粗重的呼吸声一扫而光，武士们原来一直被头盔的颈套憋得喘息不止。查理大帝终于来了。他们看见他远远地走来，他的坐骑似乎比正常的马要大，他长髯拂胸，手握着鞍头的扶手，威严而英武，英武又威严。他走近了，同他们上次看见他时相比，显得苍老了些许。

　　查理大帝在每一位军官面前勒住马，转过脸从头到脚地打量:"法兰克的卫士,您是谁?"

"布列塔尼的所罗门,陛下!"军官用最高声调回答,一面掀开头盔,露出一张英气勃勃的面庞;他还添加几句介绍具体情况,诸如:"五千名骑兵,三千五百名步兵,一千八百名侍从,征战五年。"

"请退回布列塔尼人的队列,勇士!"查理说罢,"笃卡笃卡,笃卡笃卡",他走到另一支骑兵队伍的首领前。

"法兰克的卫士,您是谁?"他又问道。

"维也纳的乌利维耶里,陛下!"头盔上的面罩刚刚摘下,这位军官就吐字清晰地回答,还说道:"三千名精选骑兵,七千名步兵,二十辆攻城战车。幸蒙上帝保佑和法兰克国王查理的威名恩护,我们打败了异教徒的铁臂将军!"

"干得好,维也纳人是好样的!"查理大帝说道,并吩咐随行军官,"这些马掉膘了,给它们增拨草料。"他往前走。"法兰克的卫士,您是谁?"他又说一遍,语调抑扬顿挫,总是那样一成不变:"达打——打打达,达打——达打——打达达……"

"蒙贝里埃的贝尔纳尔多,陛下!我们攻占了布鲁纳山和伽利费尔诺城。"

"蒙贝里埃是座可爱的城市!美女城!"他向随从说,"我们给他晋级吧。"国王的话语令人感到亲切,但是,这一套俏皮话已经老调重弹若干年了。

"您是谁?我认识您的盾徽。"他从盾徽上可以识别所有的人,无须他们说话,但是让他们报出姓名和显露面容是沿袭的惯例。也许因为倘若不如此,则会有人去干比接受检阅更好的什么勾当,而将别的人塞进他的盔甲中,打发到这里来应景。

"多尔多涅的阿拉尔多,阿蒙内公爵的部下……"

"阿拉尔多很能干,教皇这么说啊。"他还说了些诸如此类的话。"达打——打打达——达打——达打——达打——打打达……"

"蒙焦耶的古尔弗雷!八千名骑士,阵亡者除外!"

头盔像浪潮一般晃动。"丹麦的乌杰里!巴伐利亚的纳莫!英格兰的帕尔梅里诺!"

夜幕垂降。面罩的空格之后的脸不大看得清楚了。在这场经年不息的战争中，每个人的任何一句言语，任何一个举动，以至一切作为，别人都可以预料得到，每一场战斗，每一次拼杀，也总是按着那么些常规进行，因而今天大家就已知明日谁将克敌制胜，谁将一败涂地，谁是英雄，谁是懦夫，谁可能被刺穿腑脏，谁可能坠马落地而逃。夜晚，工匠们借着火把的亮光，在胸甲上敲敲打打，损坏之处总是一些固定不变的老部位。

"您呢？"国王来到一位通身盔甲雪白锃亮的骑士面前。那白盔甲上只镶了一条极细的黑色绳边，其余部分皆为纯白色，穿得很爱惜，没有一道划痕，缝合得极为密实，头盔上插着一根大概是一种东方雄鸡的羽毛，闪耀出彩虹般的五颜六色。在盾牌上绘有一袭宽大多褶的披风，两幅前襟之中夹着一枚徽章，徽章里面还有一枚更小的带披风的徽章。图案越变越小，形成一个套一个的一系列披风，中心应有什么东西，但无法认清，图案变得很微小。"您这儿，穿戴如此洁净……"查理大帝说，因为他看到战争持续越久，兵士们就越不讲究清洁卫生。

"我是,"金属般的声音从关闭着的头盔里传出,好像不是喉咙而是盔甲片在颤动,飘荡起轻轻的回声,"戈尔本特拉茨和叙拉的圭尔迪韦尔尼和阿尔特里家族的阿季卢尔福·埃莫·贝尔特朗迪诺,上塞林皮亚和非斯的骑士!"

"哈哈哈……"查理大帝笑起来,他将下嘴唇往外努,接着发出轻轻的吹喇叭似的声音,好像在说:"假如我应当记住各位的名字的话,岂不是倒霉了!"可是,他很快皱起眉来,"您为什么不揭开头盔,露出您的脸来?"

骑士没有任何表示。他那穿着缝合细密的臂甲的右手更紧地揪住马鞍的前穹,而持盾牌的另一只胳臂仿佛在颤抖,"我对您说话哩,喂,卫士!"查理大帝逼问,"您为什么不露面给您的国王看?"

从头盔里传出干脆利落的回答:"因为我不存在,陛下。"

"噢,原来是这样!"皇帝惊呼,"而今我们还有一位不存在的骑士哪!请您让我看一眼。"

阿季卢尔福仿佛犹豫片刻，然后用一只手沉着而缓慢地揭开头盔。头盔里面空空洞洞。在饰有彩虹般羽毛的白色盔甲里面没有任何人。

"哟，哟！什么也没看见！"查理大帝说，"既然您不存在，您如何履行职责呢？"

"凭借意志的力量，"阿季卢尔福说，"以及对我们神圣事业的忠诚！"

"对，对，说得好，正是应当这样来履行自己的义务。好，好一个机敏的不存在的人！"

阿季卢尔福站在队尾。皇帝已经巡视完全部人马，他掉转马头，向行营驰去。他年事已高，贪图清闲，不把复杂的问题搁在心上。

军号吹出"解散队列"的信号。马队像往常一样散开，林立的长枪倒伏，犹如风过麦田时涌起的层层麦浪。骑士们跳下马鞍，伸腿扭腰地活动筋骨，马夫们揪着缰绳把马牵走。骑士们从队列和飞扬的尘土中走出，三五成群地聚在一起，只见一簇簇头盔上五彩缤纷的羽毛在晃动，他们尽情恣意地开玩笑、吹牛皮、谈女人和夸武功，把在几小时的强迫静止中憋的闷气一股脑儿发泄出来。

阿季卢尔福想扎进这些人堆中去，他朝一伙人走了几步，然后又不知为什么转向另一伙，但是他并没有挤进身去，别人也没有注意到他。他犹豫不决地在这个人那个人身后站立一会儿，也不参加他们的谈话。后来他独自待在一旁。已是黄昏之时，头盔上的羽毛浑然成了同一种颜色，然而白色的铠甲却醒目地独立于草地之上。阿季卢尔福突然间如同意识到自己是赤身裸体一般，将双臂交叉抱在胸前，耸肩缩脖。

后来他想起了什么事情，大步向马厩走去。他在马厩里发现人们没有遵照规定喂马，就大声斥责马夫，处罚小马倌，将全体当班的值勤人员巡查一遍，重新向他们交代职责，不厌其烦地对每一个人解释应当如何做好事情，并且令他们复述他讲过的话，以考察听者是否真听明白了。他还查出他的军官同事们一些玩忽职守的行为，把他们一个一个地从傍晚愉快的闲聊中唤出来，审慎而准确地指出他们的失职之处，迫使他们有的去放哨，有的去站岗，有的去巡逻，等等。他总是有理的，武士们真是在劫难逃，但是他们毫不掩饰自己的不满情绪。戈尔本特拉茨和叙拉的圭尔迪韦尔尼和阿尔特里家族的阿季卢尔福·埃莫·贝尔特朗迪诺无疑堪称一个模范军人；但是大家公认他是一个讨厌的家伙。

02

夜，对于在野外宿营的军队来说，就像天空中的星移斗转一样有条不紊：替换岗哨，定时巡逻，军官轮流值班。此外，战时军队常见的混乱，白天里由于不时发生诸如一匹烈马跳出队列之类的意外事件而产生出的骚动喧嚣，现在都平息下来了，因为瞌睡制服了基督教的全体武士和全体四脚兽类。牲畜成排成行地站立着，间或用蹄子刨一下地上的土，或者发出一声短促的马嘶或驴叫；那些终于从头盔和铠甲里脱身的人，由于各自复归为不会彼此混淆的、有特征的自我而感到满足和舒畅，都已经在那里酣然入梦了。

在另一方，在异教徒的营地里，情形相同：步哨以同样的步伐往返来回，哨所长每次看见计时沙漏里流出最后一丁点沙子时，就去叫醒换班的士兵，军官们则利用值夜班的时间给妻子儿女写信。基督徒巡逻队和异教徒巡逻队双方都向前迈进五百步，离树林只有几步之遥了，却都各自转身折回，两队背向而去，从不碰头。他们回到营地，报完太平无事，就上床歇息。月亮和星星静静地照亮两个敌对的阵地。在任何地方都不如在军队里睡得香甜。

唯有阿季卢尔福没有这种轻松感。在他那顶基督徒军营中最整洁、最舒适的帐篷里，他整整齐齐地穿着那身白色铠甲，仰面躺下，头枕双臂，思维活动延绵不息，不是蒙头入睡的人的那种闲逸飘忽的思绪，而是永远明确而清晰的思考。休憩片刻之后，他抽出一条胳臂，向上举起：他感到需要随便干点什么体力活，比如擦拭刀剑，或往铠甲片的接缝处上点油之类的事情，但是长剑已经明净锃亮了。他这样待了不久之后，站起身来，手持长矛和盾牌走出帐篷，他那白色的身影穿过营地。从一顶顶圆锥形的帐篷之上升起一支熟睡者粗重呼吸的合奏曲。究竟是什么东西能够使人们闭上眼睛，失去自我感觉，沉入数小时的时间空洞之中，然后醒过来，找回与从前相同的自我，重新接起自己的生命之绳，阿季卢尔福无法知晓其中的奥秘。他对存在的人们所特有的睡觉的本领心怀嫉妒，这是对某种不能理解的事物的模模糊糊的妒意。使他更受刺激和更为恼火的事情是看见从帐篷边沿伸出来一双双赤裸裸的脚丫子，脚趾冲天跷起。沉睡中的军营成了躯体的王国，古老的亚当的肉体遍野横陈，腹中的酒气和身上的汗味蒸腾向上，帐篷门口的地上躺着互相枕藉的空铠甲，马夫和仆人将在清晨把它们揩干擦净并归置停当。阿季卢尔福小心翼翼地从中穿行，紧张不安之中显露出自命不凡的傲气，人们的血肉之躯在他心中引出一种类似嫉妒的烦恼，也产生由自豪感和优越感造成的一阵激动。这些可敬的同事、骄傲的勇士成何体统呢？铠甲，他们的等级和姓氏的凭证，记载着他们的功勋、才能、价值，竟在那里蜕成一张皮，变为一堆废铁；而人呢，在一旁打呼噜，脸挤压在枕头上，一道涎水从张开着的口里流出。他不是这样，不可能把他拆散成片，不可能肢解他，无论白天或黑夜，任何时候他都是戈尔本特拉茨和叙拉的圭尔迪韦尔尼和阿尔特里家族的阿季卢尔福·埃莫·贝尔特朗迪诺，上塞林皮亚和非斯的骑士。每一个白天，他为光荣的圣战执行了这样或那样的任务，在查理大帝的军队中指挥了这支或那支部队。他拥有全军中最漂亮和最干净的铠甲,与它从不分离,生死相依。他是一名比许多只会吹牛皮讲大话的家伙强得多的军官,甚至可以说是全体军官中的佼佼者。但是在这夜深人静之时,他却独自忧伤地徘徊不已。

他听见一个声音:"对不起,军官先生,请问接班的人什么时候来?他们已经让我在这儿站了三个小时了。"那是一个哨兵,他拄着长矛,好像拿的是一根拐杖。

阿季卢尔福连头也不回,说道:"你弄错了,我不是值班的军官。"他径直朝前走去。

"请原谅,军官先生。因为看见您在这周围走动,我以为……"

只要发现一点极小的疏漏,阿季卢尔福便会焦急不安地从头到尾检查一番,找出别人所做的事情中的其他错误和疏忽,对做坏了的或做得不恰当的事情,他感到钻心地痛惜……但是,由于在这时候进行一次这样的视察并不是他的职权之内的事情,他的行为将会被认为是多管闲事,甚至被说成是违反纪律。阿季卢尔福竭力控制住自己,只将他的兴趣局限于那些在第二天就将名正言顺地归在他的管辖之下的具体问题上,比如搁放长矛的架子摆得是否整齐,或者干草袋垛得是否稳固……然而,他那白色的身影总是追随着哨所长的脚步,紧跟着值班军官,尾随着巡逻队,一直跟踪到酒窖,他们在那里找到头一天晚上剩下的一坛酒……每逢这种场合,阿季卢尔福总得踌躇片刻,思忖着应当像那些令人肃然起敬的当权者一样挺身而出,以自身的权威加以制止,还是像一个走错了地方的人那样,心甘情愿地退出,假装不曾到过那里。他顾虑重重,犹豫不决。他不能采取前一种或后一种态度,他只感到需要故意惹是生非,他要干点什么事情以便同别人发生一种随便什么样的关系,如大声喊口令,像个二等兵那样骂人,或者像在酒肉朋友之间那样说说风凉话和粗鲁话。然而,他只是咕哝了两句叫人不易听清的打招呼的话,表现出傲慢掩饰之下的胆怯,或者说是被胆怯削去锐气的傲慢。他往前走,但又觉得这些人似乎在对他回话,他刚转过身去说道"哦",可是马上就明白他们不是在同他说话,他急忙走开,形同逃遁。

他走向营地的边缘,走到无人的偏僻处,登上一座光秃秃的山头。夜是静谧的,只有一些无定型的影子无声地扇动翅膀,轻盈地翩翩飞舞,它们毫无定向地转来转去,这是一些蝙蝠。连它们那种介乎老鼠与飞禽之间的不确定的混合型身体也总归是一种可以触摸得着的实在的东西,可以展翅扇动空气,可以张嘴吞食蚊蝇,而阿季卢尔福和他那一身铠甲却从每条缝隙中被清风穿过,被蚊虫飞越,被月光射透。一股无可名状的怒火在他胸中升起,突然爆发开来。他拔剑出鞘,双手举剑,使尽全身力气,朝在空中低飞的每一只蝙蝠劈过去。白费力气:它们在流动着的空气的推动下继续周而复始地飞旋。阿季卢尔福挥舞抡劈,终于不再攻击蝙蝠了。他的劈砍动作按照最正规的程式进行,根据剑术教程上的规范姿势循序渐进。阿季卢尔福好像已经开始有意识地演习,为即将来临的战斗进行训练,他做出理论规定的横劈、推挡和搭虚架子的动作。

他陡然停止。一个年轻人从山头上的一个掩体里探出头来,向他张望。那青年只有一柄剑作武器,胸前围着一件轻便的护甲。

"喂,骑士!"他喊道,"我不想打断您!您在为迎战练武吧?因为拂晓将有战事,对吗?允许我同您一起练习吗?"他稍微停顿一下,又说,"我昨天刚来到战场……今天将初次上阵,对于我来说……一切都与我预想的大不相同……"

阿季卢尔福侧立,两臂交叉,一只手将剑握在胸前,一只手持盾牌,整个人遮挡在盾牌之后。"每次战斗的部署由司令部决定,在开战前一小时通知全体军官先生和参战部队。"他说道。

青年抑制住他的激动,略显拘束,但是他克服了轻微的口吃,恢复了起初的热情,接着说:"是这样,我正好赶上……为了替父亲报仇……我恳请您这样的年长者指教我怎样才能在战场上同那条异教徒狗哈里发伊索阿雷直接交锋,对,就是他,我要在他的肋骨上撞折长矛,就像他对我英勇的父亲所做的那样,愿上帝永远保佑先父,已故的盖拉尔多·迪·罗西利奥内侯爵!"

"这很简单,小伙子。"阿季卢尔福说,他的声音里也显出一些热情,这是对规章制度了如指掌的人在炫耀自己的知识,并使对此无知的人听后诚惶诚恐时所特有的得意情绪,"你应当向主管决斗、复仇、雪耻的督察处提出申请,申述你的理由,由他们考虑怎样尽可能满足你的要求。"

青年原来期待提到父亲的英名时,至少可以看到对方惊讶的表示,一听回答的语调先就泄气了,接着讲出的那些话更令他沮丧。他竭力思忖骑士的话,可是从心底里否定那番言语,他努力维持原有的热情:"可是,骑士,我所担心的不是缺少别人的督促,请您理解我,因为自信本人所具备的勇敢和顽强足以挑死不是一个而是上百个异教徒。我受过良好的训练,武功娴熟,您知道吗?我要说的是在混战之中,在我开始出击之前,我不知道……能否找到那条狗,他会不会从我眼前漏过,我想知道您在这种情况下如何做。骑士,请告诉我,如果打仗时牵涉到一个您个人的问题,一个对您至关重要的问题,而且仅仅关系到您自己……"

阿季卢尔福干巴巴地回答:"我严格听从调遣。你也这样做吧,这样你就不会出错。"

"请您谅解我,"小伙子说,他很不自在地挺立在那里,姿态显得有些僵硬,"我不想惹您生厌。如果能同您,一位武士,一起练习剑术,我将深感荣幸!因为,您可知道,我把动作要领背得烂熟,但是有时候,在清晨,肌肉麻木冰凉,不能伸展自如。您也有这种感觉吗?"

"我没有。"阿季卢尔福说道,并已转身走开了。青年向营地走去。这是黎明之前的朦胧时刻,可以察觉出帐篷之间有人开始活动。在起床号吹响之前,参谋部的人们已经起身了。在司令部和连队办公室的帐篷里火把已点燃,烛光与天空中微露的晨曦融合在一起。已经开始的这一切表明这确实是一个有战事的日子。夜里已经走漏了消息?新入伍者情绪高涨起来,但这不是预想中的那种紧张,与他一路而来时的急切心情也不相同。或者最好说是,从前是一种实实在在的焦虑不安,现在则是亢奋不已,头脑眩晕得有些飘飘然起来。

他遇见一些武士,他们已经穿好闪光发亮的铠甲,戴上饰有羽毛的有孔头盔,脸被面罩遮住。青年扭过头去看他们,他想模仿他们的动作,他们扭动腰肢走路的雄赳赳的姿态:铠甲、头盔、护肩好像连成了一整片。他终于跻身常胜不败的基督徒武士的行列之中了。他紧握武器,准备像他们一样去战斗,成为像他们那样的人!可是,他正盯着看的这两个人没有跨上战马,而是在一张堆满了纸片的桌子后面坐下了。他们肯定是两名高级指挥官。青年跑过去向他们自我介绍:"我是青年骑士朗巴尔多·迪·罗西利奥内,已故的盖拉尔多侯爵之子!为了替父报仇前来从军,父亲英勇地战死于塞维利亚城下!"

那两位把手伸到头盔上,将头盔与颈甲拆开摘下,放到桌面上。从头盔下面露出的是两个秃顶的黄皮脑袋,两张皮肤松弛、眼睑浮肿的脸,两张书生气的脸,两副伏案劳作的老文官的面孔。"罗西利奥内,罗西利奥内,"他们一边说,一边用口水濡湿指头,翻弄一些卷宗,"我们昨天就已经将你登记注册了!你还需要什么?为什么不在你所属的连队里?"

"不需要什么,我不知道为什么,这一整夜睡不着觉,总惦记着打仗。我应当替我父亲复仇,你们知道,我应当亲手杀死哈里发伊索阿雷,于是我就寻找……对了,寻找决斗、复仇、雪耻督察处,它在哪儿?"

"您听，这位刚到就谈起什么事来了！可是，你知道督察处是怎么回事吗？"

"一位骑士告诉过我，他叫什么名字，就是那位穿一身白铠甲的……"

"哼，又是他！我们知道这家伙总是向四处伸他那并没有的鼻子！"

"什么？他没有鼻子吗？"

"由于他自己绝对不会生疮，"桌子后面的那另一位说，"他就以揭别人的疮疤为能事。"

"他为什么不会生疮呢？"

"你让他在哪儿生疮啊？他没有地方，那是一位不存在的骑士……"

"为什么不存在？我看见过他！存在呀！"

"你看见什么啦？铁皮……他是一个空虚的存在，嫩小子，你明白吗？"

年轻的朗巴尔多从前哪能想象得到表面现象竟会如此虚假。自从他来到军营后发现一切都似是而非……

"那么在查理大帝的军队里当一个有姓名有封号的骑

士，甚至成为勇敢的斗士和尽职的军官，却可以是不存在的！"

"且慢！谁也没说，在查理大帝的军队里可以怎么样。我们只是说，在我们团里有这么一位骑士。全部事实仅此而已。我们对概括地讲可以有什么或不可以有什么不感兴趣。你懂了吗？"

朗巴尔多向决斗、复仇、雪耻督察处的营帐走去。他已经不会再上铠甲和羽盔的当了。他知道了那些坐在桌子后面，甲胄掩护之下的是蓬头垢面、枯瘦干瘪的老头子。值得庆幸的是里面总算还有人！

"原来是这样，你要为你的父亲报仇，他是罗西利奥内侯爵，一位将军！我们看看，为了替一位将军复仇，最佳方式是干掉三个少校。我们可以分配给你三个容易对付的，你定能如愿以偿。"

"我还没有说清楚，我应当杀死的仇人叫哈里发伊索阿雷。他是杀害我那可敬的父亲的凶手！"

"对，对，我们明白，可是你不要以为将一位哈里发打翻在地是一件轻而易举的事情……你要四个上尉吗？我们保证在一个上午之内向你提供四名异教徒上尉军官。你看,为一个军级将军给四个上尉,你父亲只是旅级将军。"

"我将找到伊索阿雷,把他开膛剖腹!他,我只要他!"

"你将被拘捕,而不是上战场,你当心点!开口说话之前要先动动脑筋!如果我们阻止你与伊索阿雷交锋,也是有理的……比如,假设我们的皇帝正在与伊索阿雷进行谈判……"

军官中有一个一直埋首于纸堆里,这时欢欣地抬起头来:"全都解决了!全都解决了!没必要再干什么了!什么报复,不必了!前天,乌利维耶里以为他的两个叔父在战斗中牺牲了,他替他们讨还了血债!而那两个只是醉倒在一张桌子底下!我们在这里发现了多余的两起替叔父复仇事件,好麻烦的事情。现在所有的这些个事情都可以安排停当:可将一次替叔父雪恨的行为折算为半件替父亲复仇的事情,这样如果我们还欠一件代父报仇的话,就算已经完成了。"

"啊,我的父亲!"朗巴尔多几乎晕倒。

"你怎么啦?"

起床号吹响了。沐浴在晨光中的营地里兵士们熙熙攘攘。朗巴尔多不想把自己与这些逐渐排成小队、组成连队方阵的人混为一体，他只觉得，那些铁器的碰撞仿佛是昆虫的鞘翅在扇动，从干燥的空壳里发出响声。许多武士腰带以上套着头盔与胸甲，腰胯部以下露着穿裤子和袜子的腿，因为要待坐上马鞍之后才套腹甲、护腿和护膝。铁胸甲下面的两条腿显得更细，就像蟋蟀的腿；他们说话时晃动没有眼睛的圆脑袋的模样，还有他们伸屈覆盖着一节节臂甲与掌甲的胳臂的动作，都像蟋蟀或蚂蚁；因而他们的一切忙碌操劳都像是昆虫在糊里糊涂地团团转。朗巴尔多的眼睛在他们之中搜寻着一件东西：阿季卢尔福的白色铠甲。他希望与之重逢，因为也许它的出现能使军队中除它之外的其余部分显得更加实在，或者是因为他所遇见的最坚强的表现偏偏属于那位不存在的骑士。

在一棵松树下找到了，骑士正坐在地上，将落地的松球排成一个规则的图形，一个等边三角形。在这黎明时分，阿季卢尔福总是需要进行一番精确性的练习：计算，把什么东西排列成几何图形，解数学题。这是物体挣脱在夜里一直紧追不舍的黑暗的包围，逐渐恢复本色的时刻，然而，这时它们仅仅露出模糊的轮廓，光明刚从它们的头上掠过，几乎只给它加上了一道晕圈。这是世界的存在尚不确实的时刻。而阿季卢尔福，他，总是需要感觉到面对的东西像一大堵墙那样实在，他的意志力可与之抗衡，只有这样，他才能保持一种肯定的自我意识。相反，如果周围的世界显得不确实，显得模糊不清，他会感到自己沉沦于这柔和的半明半暗之中，无力在空虚里产生清晰的思想、果敢的决断、执着的追求。他感到很痛苦，这是他发生眩晕的时候，往往要竭尽全力才能使自己不致消散。每逢此时，他就开始计数，数树叶、石头、长矛、松果、他眼前的任何东西。或者把它们排成队，用它们组成方形或金字塔形的图案。从事这些专注的活动，可以使他镇痛祛病，安神醒脑，消愁解闷，恢复平素的敏捷思维和庄重的仪态。

朗巴尔多看见他时，他正在这样做，迅速准确地将松球摆成三角形，然后沿三角形的每条边摆出四边形，不厌其烦地清点组成矩形的松球的数目，并与组成任意四边形的松球数目相比较。朗巴尔多看出这只不过是一种习惯，他在以一种习以为常的方式摆弄着，而在这一行为之下掩盖着的是什么呢？当他想到超过这种游戏规则之外的东西时，他感到一种说不出的恐惧……那么，难道他要报杀父之仇的愿望、渴望参战、渴望成为查理大帝的卫士的愿望，也都只不过是像阿季卢尔福骑士摆弄松球一样，是不甘寂寞、难耐空虚的一种平庸的表现吗？在这突如其来的问题的困扰之下，年轻的朗巴尔多扑倒在地上，放声大哭起来。

他觉得有什么东西搁到了他的头发上，是一只手，一只铁手，但是很轻。原来是阿季卢尔福跪在他身旁："小伙子，出什么事情啦？你为什么哭呀？"

别人身上出现的或是惊慌，或是失望，或是愤怒的情态都能使阿季卢尔福立刻变得心平气静，产生良好的安全感。他意识到自己可以免受存在着的人们所遭受的惊恐和忧愁，便摆出一副保护者的优越姿态。

"很抱歉，"朗巴尔多说，"也许是太疲倦了。我一整夜没有合眼，现在我觉得心烦意乱。如果能打一会儿盹也好……可是已经天亮了。而您，也早醒了，您是怎么啦？"

"如果我打瞌睡，哪怕只是一瞬间，我就会神志消散，失去我自己。因此，我必须清醒地度过白天和黑夜里的每一分每一秒。"

"那一定很难熬……"

"不。"那声音又变得干涩、严厉起来。

"您从不脱下身上的铠甲吗？"

他又讷讷地说不出口了："我没有身体。脱和穿对我没有意义。"

朗巴尔多抬起头来，直愣愣地从面罩的缝隙向里面打量，仿佛要在这黑洞洞之中找到闪亮的目光。

"这是怎么回事呢？"

"不这样，又该怎么样呢？"

白色铠甲的铁手还放在青年的头上。朗巴尔多只感觉到它像一件物品搁在头上，没有感觉到丝毫人的接触所特有的抚慰的或恼人的热力，同时觉察出仿佛有一股执拗的劲儿压在他身上。

03

查理大帝一马当先地走在法兰克军队的前头。他们正在进入阵地。形势不显紧迫,他们不紧不慢地走着。卫士们在皇帝身旁密密匝匝地围了一圈,一个个紧抓马嚼子驾驭着烈性的战马。银盾在行进的颠簸中和胳臂肘的碰撞下,像鱼鳃似的时张时合。这支队伍活像一条通身鳞片闪亮的长条形的鱼,一条鳗鱼。

庄稼汉、牧羊人、村镇居民都跑到大路的两旁来了。"那就是国王,那就是查理!"于是,人们纷纷倒地跪拜,他们不是从那不大熟悉的皇冠上辨认出皇上,而是认得他的大胡子。接着他们很快地站起身来指点将领们:"那位是奥尔兰多!不对,那是乌利维耶里!"一个也没猜准,但这也无妨,因为不论是这一位或那一位大将,他们全都在队伍里,老百姓尽可信口开河地发誓赌咒,说自己看见了哪一位。

阿季卢尔福骑马走在卫士之中,他一会儿往前跑一小段,超出旁人,然后停下来等待,一会儿转到后面去,察看队伍走得是否整齐一致,或者抬头看看太阳,仿佛根据日头离地平线的高度来判断时辰。他焦虑不安。在队伍中,只有他,还念念不忘地记挂着行军的秩序、路程、天黑前应该到达的地点。其他的武士认路,开赴前线,无论走快还是走慢,反正总是越走越近,每逢遇到酒店,他们便借口皇帝年迈易倦,停下来畅饮一阵。他们沿途只瞅酒店的招牌和女仆们的圆臀,找机会说几句粗话,对于其他的东西,他们就像是缩进了旅行箱里,一概看不见。

查理大帝仍然是一个好奇心很重的人,随时随地对所遇见的一切事物都极有兴趣。"哦,鸭子,鸭子!"他大喊大叫。一群鸭子沿着路旁的草地蹒跚而行。在鸭群中有一个男人,没人能明白他在搞什么鬼名堂,他蹲着身子走路,两手反剪在背后,像蹼足动物一样跷起脚底板,伸长脖颈,叫唤着:"嘎……嘎……嘎……"那些鸭子对他也毫不介意,似乎已把他视为自己的同类,因为他身上穿的那件（看起来主要像是用麻袋片连缀而成的）土棕色的东西上染着一大片一大片恰似鸭子羽毛的灰绿色斑点，还有一些各种颜色的补丁、烂布条和污渍，如同飞禽身上的彩色斑纹。

"喂，你以为这样就是向皇上鞠躬吗？"卫士们向他叫嚷，他们一直在等待着寻衅作乐的机会。

那人并不回头，但是鸭群被声音惊吓，一齐拍翅飞起来。男子看见它们飞起，稍后，他也鼻孔朝天，平伸出两臂向前跳一步，就这样扇动起挂满碎片的臂膀，一边跳跃，一边笑着叫："嘎！嘎！"他兴高采烈地追随着鸭群。前面有一个池塘。那些鸭子飞扑过去，收敛翅膀，轻盈盈地浮在水面上，排着队游走。那男子走到塘边，跳入齐肚脐深的水里，溅起一大片水花，身子东倒西歪地摇晃起来，嘴里仍然拼命地叫着："嘎！嘎！"后来叫声化成了咕噜咕噜的吐水声，因为他走到了深水处。他从水里冒出头来，试图划水，可又沉了下去。

"他是放鸭的吗？那家伙？"军人们问一名村姑，她手里拿着一根长竿正向这边走来。

"不是,鸭子是我看着的,是我的。不关他的事,他叫古尔杜鲁……"村姑回答。

"他同你的鸭子在一起干什么?"

"什么也不干,他经常这样。他看见它们,就发蒙,以为他是……"

"以为他自己也是鸭子吗?"

"他自以为是鸭群……你们可知道,古尔杜鲁是这么回事:他不在乎……"

"现在他走到哪里去了?"

卫士们走近池塘,古尔杜鲁不见了。鸭群已游过如镜的水面,又迈开带蹼的脚掌穿行于草丛中。水塘的周围,从蕨丛中升起青蛙的合唱。突然间,那男子从水面露出头来,仿佛此时才想起应当吸点空气。他茫然地望着,好像不明白离他鼻尖很近的那些在水中照镜的蕨草是什么东西。在每片蕨草的叶子上都趴着一只小小的滑溜溜的绿色动物,盯着他拼尽全身力气叫:呱!呱!呱!

"呱!呱!呱!"古尔杜鲁高兴地应和。随着他的叫喊声，叶片上所有的青蛙都一下子跳入水中，而水里的青蛙都跳上岸。古尔杜鲁大声一叫："呱！"纵身跳起，跳到了岸上。他像一只青蛙那样趴下身子，又大叫一声"呱"，重新扑入水中，他的身体沉重，压倒一片芦苇和水草。

"他不会淹死吗？"卫士们问一名打鱼人。

"嘿，奥莫博有时忘事，有时糊涂……淹死倒不会……麻烦的是他同鱼儿一起落进网里来……有一天，他捕鱼的时候就出了这么回事……他把网撒到水里，看见一条差不多要游进去的鱼，他就把自己当成了那条鱼，跳下水去，钻进网里……你们不知道他就是这样，奥莫博……"

"奥莫博？他不是叫古尔杜鲁吗？"

"我们叫他奥莫博。"

"可是那姑娘……"

"噢，她不是我们本地的人，没准在他们那儿是那样叫他吧。"

"他是什么地方的人哪？"

"嗯,他到处流浪……"

骑兵队伍挨着一片梨树林走。果子熟透了。武士们用长矛戳住梨子,送进头盔上的嘴洞里,然后吐出梨核。他们在一行梨树中看见谁了?古尔杜鲁-奥莫博。他像树枝似的弯弯曲曲地举着两只胳臂,手上、嘴上、头上和衣服的破洞里都有梨子。

"看哪,他变梨树了!"查理大帝兴奋地嚷道。

"我来摇一摇他!"奥尔兰多说着,推了他一把。

古尔杜鲁让身上所有的梨子一齐跌落下来,在草坡上往下滚。看着梨子滚动,他也情不自禁地像一个梨子那样沿着草坡顺势滚起来,一直滚到人们的视线外,消失了。

"请陛下宽恕他吧!"一名看果园的老者说,"马丁祖尔有时不明白他不应当与青草或无灵魂的果木为伍,而应当生活在陛下您的忠实的臣民之中!"

"你们叫他马丁祖尔的这个疯子,他想些什么?"皇帝面色和善地问道,"我觉得他也不清楚自己脑子里有些什么!"

"我们又如何晓得呢？陛下！"老者以见多不怪的明智回答道，"也许不能说他是疯子，他只是一个活着但不知道自己存在的人。"

"真巧呀！这儿这个平民活着而不知道自己存在，而那边我的那个卫士自以为活着而他并不存在。我说呀，他们正好是一对！"

鞍马劳顿，查理大帝已经浑身疲乏无力。他倚着权杖，抖动胡子喘息，嘟囔着"可怜的法兰克"，扶着马夫的肩头下了马。皇帝的脚刚沾地，就像是发出了一个信号似的，全军人马立即停步，准备宿营。人们支起行军锅，生火做饭。

"你们将那位古尔古尔……给我带来，他叫什么？"皇帝吩咐。

"这要随他所到之地而定，"睿智的看园老人说，"看他是跟在基督徒军队还是异教徒军队的后面，人们叫他古尔杜鲁、古迪·优素福、本·瓦·优素福、本·斯坦布尔、贝斯坦祖尔、贝尔丁祖尔、马丁本、奥莫博、奥莫贝斯迪亚或者叫他山里的丑鬼，还有让·巴恰索、彼尔·巴奇乌戈。也可能在一个偏僻的牧场里人们会给他取一个与其他地方都不相同的名字。我发现他的名字在各地还随季节的变化而改变。可以说,名字只是在他身上滑过,从来不能粘住。对于他来说,无论怎么样称呼他都是一回事。您叫他,他以为您唤一头羊;而您说'奶酪'或'河水',他却答应:'我在这里。'"

两名卫士——桑索内托和杜多内——像使劲拖一只口袋似的将古尔杜鲁拽来。他们把他推到查理大帝面前站住。"抬起头来,畜生!你不知道面前是大帝吗!"

古尔杜鲁的脸露出来了。那是一张热汗淋漓的宽脸膛,法兰克人和摩尔人的特征混合在一起,橄榄色的皮肤上有一圈红色雀斑;塌鼻子之上生着一双蓝莹莹的眼睛,下面是一张厚唇的嘴;汗毛发黄而拳曲,中间还夹杂着一些燕麦秆似的直立的细毛;胡须粗硬而直挺。

他匍匐在地行大礼,并开始喋喋不休地说起来。那班贵族老爷在此之前只听过他发出动物的叫声,现在惊奇不已。他说得很快,吐字不清而且语无伦次;有时好像不停歇地从一种方言转换成另一种方言,甚至从一种语言变成另一种语言，有基督徒的语言，有摩尔人的语言。用他那难以听懂并且谬误百出的话语，他大致说了如下一番意思："我以鼻尖触地，跪倒在您的膝下，我是您卑顺的陛下的尊敬的仆人，您吩咐吧，我一定遵从！"他挥动着挂在裤腰间的一把汤匙，"……当陛下您说'朕吩咐，朕命令，朕要求'时，您这样挥舞权杖，就像我这样挥动权杖，您看见了吗？您就像我这样大声说：'朕吩咐，朕命令，朕要求！'你们这些下贱的走狗都应当服从于我，否则我要用桩刑处死你们，而且首先杀掉你这个白发红脸的老头儿！"

"我应当一刀砍掉他的脑袋，陛下，对吗？"奥尔兰多问道，并且已经拔刀出鞘。

"我代他恳求您开恩，陛下。"看园老人说，"他一贯如此疯疯癫癫，对皇上说着话，头脑就混乱起来，弄不清自己和对面的人谁是皇帝了。"

从热气腾腾的军锅里飘出饭菜的香味儿。

"你们给他盛一盒粥！"查理大帝宽厚仁慈地说道。

古尔杜鲁点头哈腰，扯着鬼脸，说些莫名其妙的话，退到一棵树下去吃饭。

"他这是在干什么呀?"

他把脑袋伸进放在地上的饭盒里,好像想钻到里面去。好心的看园老人走过去摇摇他的肩膀:"马丁祖尔,什么时候你才明白,是你吃粥而不是粥吃掉你呀!你不记得啦!你应当用汤匙送进嘴里……"

古尔杜鲁开始一匙一匙地往嘴里送,吃相贪婪。他心急手快,有时竟弄错了目的地。他身边的那棵树的树干上有一块凹陷处,所在的高度正好与他的头平齐。古尔杜鲁把一匙匙的粥灌进树洞里。

"那不是你的嘴巴!是树张开的口!"

阿季卢尔福从一开始就注视着这个肉乎乎的身体的一举一动,他看得很仔细,而且显得颇为局促不安,看见他像在食物里面打滚一般,犹如一头喜欢别人替它搔背的马驹子那么惬意,他不禁感到一阵头晕恶心。

"阿季卢尔福骑士!"查理大帝说道,"知道我要对您说什么吗?我派这个人给您当侍从!好吗?这不是一个好主意吗?"

卫士们会心地微笑了，笑中含着讽刺意味。阿季卢尔福却是事事认真（更何况这是皇帝的命令哩！），他转向新侍从，想向他发出最初的指令，可是古尔杜鲁在享用了粥饭之后，已经倒在那棵树的树荫之下睡着了。他躺在草地上，张着嘴打呼噜，胸膛、胃部和腹部起伏着，如同铁匠的风箱。油污的饭盒滚到他的一只肥胖的赤脚边。一只豪猪也许是被香味吸引，从草丛中钻出来，走近饭盒，开始舔食那最后的几滴汤粥。它边吃边向古尔杜鲁的光脚底板上射箭刺，沿着地上一道细细的粥水舔过来，越往前走，就越加紧向赤脚上射箭。那个流浪汉终于睁开眼睛，环顾四周，不明白那弄醒他的疼痛感来自何处。他看见了那只赤足像一棵仙人球般在草丛中跷起，伸手一摸，像是碰到了刺猬。

"脚呀，"古尔杜鲁开始数落起来，"脚，喂，我跟你说话！你像个傻瓜似的待在那里不动做什么呀？你没看见那头畜生在扎你吗？脚呀，你真笨！你为什么不缩回来？你不觉得痛吗？一只蠢脚！你只要这么移开就行了！只要移这么一点点，这么笨可怎么办哪！脚呀，你听我说。你看看怎么逃避伤害！你缩到这边来，蠢货！我怎么对你说呢！你注意，看我怎么做，现在我做给你看……"他说着，抬起大腿，把脚收回来，离开豪猪，"行了：这多么简单，我一教你就学会了。笨脚，你为什么让它扎了那么久啊？"

他扯了些止痛的草药揉脚，然后跳起身来，吹着口哨，奔跑起来，跳入灌木丛中，接连放了几个屁，便跑得无影无踪了。

阿季卢尔福为寻找他而急得团团转。可是他到哪里去了呢？一块块茂盛的燕麦田，一道道杨梅树和女贞树的树墙将山谷划成了棋盘，清风徐徐吹过，间或有一阵大风挟着花粉和蝴蝶而来，天空中缕缕白云飘动。太阳移动着，在斜坡上画出一块块游移不定的光明与阴影，古尔杜鲁就是在那里销声匿迹的。

不知从何处传出一支走调的歌儿："从那巴约内桥上走过……"

阿季卢尔福的白色铠甲高高地站在山脊之上，两手抱胸交叉着。

"喂，新侍从什么时候开始干活呀？"同事们向他起哄。

阿季卢尔福用毫无语调的声音机械地说："皇上口谕既出，立刻产生法律效力。"

"从那巴约内桥上走过……"那歌声渐远，但还能听见。

04

在这个故事发生的时代，世事尚为混乱。名不副实的事情并不罕见，名字、思想、形式和制度莫不如此。而另一方面，在这个世界上又充斥着许多既无名称又无特征的东西、现象和人。生存的自觉意识、顽强追求个人影响以及同一切现存事物相抵触的思想在那个时代还没有普遍流行开来，由于许多人无所事事——因为贫穷或无知，或者因为他们很知足——因此相当一部分的意志消散在空气里。那么，也可能在某一处这种稀薄的意志和自我意识浓缩，凝结成块，就像微小的水珠汇聚成一片片云雾那样。这种块状物，出于偶然或者出于自愿，遇上一个空缺的名字和姓氏（在当时虚位以待的姓氏宗族经常可见），遇上一个军衔，遇上一项责任明确的职务，而且——特别是——遇上一副空的铠甲，因为没有铠甲，一个存在着的人随着光阴流逝也有消失的危险，可以想见一个不存在的人将如何……阿季卢尔福就这样出现了，并且开始追求功名。

讲述这个故事的我是修女苔奥朵拉，圣科隆巴诺修会会员。我在修道院里写作，从故纸堆里，从在会客室听到的闲谈中，从有过亲身经历的人们的珍贵回忆中，撷取素材。我们当修女的人，同士兵们谈话的机会是很少的，那些我不知道的事情我就尽量施展想象力，否则怎么办呢？我不是对这个故事的细枝末节都了解得很清楚，对此您应当加以原谅。我们都是一些乡下姑娘，虽然是贵族出身，也是在偏僻的古堡里长大，后来入修道院的。除了宗教礼仪、三日祈祷、九日祈祷、收庄稼、摘葡萄、鞭打奴仆、乱伦、放火、绞刑、兵匪、抢掠、强奸、瘟疫之外，我们其他什么也不曾见识过。一个可怜的修女对世事能有多少了解呢？因此，我很吃力地写着这个故事，写作是我苦行苦修的方式。现在只有上帝知道我将怎样向您叙述战争，幸蒙上帝保佑，我总是同战争离得远远的，只见过四五次在我们城堡下面的平原上发生的野外冲突。就是在那几次开战时，我们几个女孩子也只是站在城墙上几口烧滚沥青的大锅之间,从垛口里往外张望(后来多少具未经掩埋的死尸在草地上发出熏天臭气!第二年的夏天去草地游戏时,竟在一大群胡蜂乱飞的地方又看见了尸体!),我说过了,关于战争,我真是一无所知。

朗巴尔多对它也是毫不了解。在他的青春岁月里,他一心所想的不是别的,是接受战争的洗礼。现在他骑着马站在队伍里,等待着进攻的号令,而他心里是什么特殊的滋味也还没有体会到。他身上负载的东西太多了:带护肩的网眼铁披风,与护颈、护肩和护兜连在一起的胸甲,只能从里往外看的雀嘴头盔,铠甲外表的装饰物,一块比他本人还高的盾牌,一支挥动起来就要戳着同伴脑袋的长矛,身下是一匹被铁马披严实包住、使人不见其真面貌的战马。

他那誓以哈里发伊索阿雷的鲜血来报杀父之仇的热望几乎冷却下来了。人们早已对他讲清楚了,他们按照事先写好的几张纸片念给他听:"当军号吹响时,你策马笔直驱入敌营,矛头所向定可刺中目标。伊索阿雷作战时总是处于敌军队形中的该位置之上。如果你不跑错，肯定与他遭遇，除非敌军全部溃散，此类事情在刚交锋时不会发生。当然，总会出现小的偏差，但如果不是你刺中他，就一定会有你身边的战友上前将他击毙。"在朗巴尔多看来，如果事情仅是如此而已，那他也就不把它看得那么重了。

咳嗽声成了战争开始的标志。他看见前面一阵黄色烟尘滚滚而来，另一阵尘土从脚下升起，原来基督徒们的马也腾身迎上前去。朗尔多开始咳嗽，整支帝国的军队都这样闷在铁甲里咳嗽着，催马跃向异教徒们的那堆烟尘，渐渐地已经听得见回教徒们的咳嗽声了。两团尘土连成漫天一大片。整个平原上咳嗽声和长矛刺杀声震耳欲聋。

刚交锋时刺中对手不如把对手撂下马容易，因为有长矛被盾牌折断的危险，而且由于惯性作用，你也有顺势向前摔个嘴啃地的危险。最好是趁对方跃马转身之际，朝他的后脊骨与臀部之间刺过去，准中！你可能扎不准，因为矛头向下时容易碰上障碍，甚至扎进地里，变成一张弓，把你像一颗肉弹似的从马上弹下来。因此,前锋的冲突往往变成一片武士们撑着长矛在空中翻飞的景象。向侧面移动是困难的,由于手持长矛稍一转动,扎不着敌人,却非戳着战友的肋骨不可,于是很快就成了一场不分敌我的混战。这时敢死队的勇士们挺身而出,高擎出鞘的宝剑,骑马冲进人群,一阵奋力挥砍,熟练地在混战中开辟出一条清楚的阵线。

最后形成双方敢死队的勇士们一一对峙的局面。他们开始成对地决斗,而地面上已经遍布尸体与盔甲,他们行动艰难,在无法相互接近的地方,双方就恣意地互相谩骂起来。辱骂的程度与多少是至关重要的,因为这种侮辱分为致命的、血腥的、不能容忍的、中等的或轻微的不同等级,根据级别要求各种不同的赔偿,或者是将深仇大恨传给子孙后代。因此,互相听懂就成了最要紧的事情,这在摩尔人与基督徒之间是一件难事,而且在摩尔人彼此之间和基督徒内部又操着各种不同的语言。如果有人骂你一句难听的话,怎么办呢?你活该受着并且终生蒙此羞辱。因此战斗进行到这个阶段时,通译们就上场了,这是一支轻骑队,他们携轻便武器,骑几乘驽马,在两支军队的旁边转悠,听到从人们口中飞出的污秽言语,立即译成对方的语言。

"臭狗屎!"

"虫子屎!"

"大粪!臭屎!奴隶!猪!婊子养的!"

双方早已达成默契不杀这些通译。加之他们可以溜得很快,在这场混乱之中杀死一个身负重甲、骑一匹由于脚掌上绑护甲而只能勉强迈动蹄子的高头大马的军人已属不易,我们可以想象得到,谁能奈何这些啄木鸟呢?大家知道,即使战争是屠宰场,也总有人活下来。何况他们仗着会用两种语言骂"婊子养的",便捞到了这样有点冒险的便宜。在战场上,手脚麻利的人总是能捞到不少外快,掌握好在适当的时机去收捡地上的东西,收获尤其大,那就得在大批的步兵冲进来之前,他们总是将所到之处掳掠一空。

在捡东西时,步兵位置低,更为方便,但是骑兵舒舒服服地坐在马背上只消伸出刀剑轻轻一挑,就把东西弄到手，这个本事也令步兵们惊叹不已。说捡东西并不是说从死人身上往下剥（扒光死尸是一项需要专门技术的活），而是指捡那些掉在地上的东西。由于有人和马全副披挂上阵的习惯，双方刚交锋就会有许多东西松散开来，纷纷坠落于地。这时谁还有心思打仗呢？捡东西便成了一场大的争夺战。晚上回到营地里便做起交易来，或是以物易物，或是用现钞买卖。转来转去，总是那么些相同的东西从一个营地移到另一个营地，在同一营地从一个连队换到另一个连队。于是战争不就变成了这些物品在人们手中的旅行吗？这些物品在倒手过程中成为越来越旧的破烂货。

在朗巴尔多看来，情况与人们事先对他说的大相径庭。他举起长矛向前冲去，急切地迎接两军交锋。说到遭遇嘛，两支军队是相遇了；但是好像全都计算好了，使得每个骑士都能从两名敌人之间的空隙里畅行无阻，甚至互相不发生触碰。两支队伍继续沿着各自的方向背道而驰一阵之后，掉过头来，试图交锋，但是都已经失去了冲锋的势头。谁还能在人群中找得出那位哈里发呢？朗巴尔多与一个瘦得像鳕鱼干似的撒拉逊人[1]相逢,看来他们谁也不想给对方让路:两人在马上互相用盾牌顶住,两匹马则在地上用蹄子踢踹。

那个撒拉逊人,脸像石灰一样苍白,开口说起话来。

"通译!"朗巴尔多喊道,"他说什么?"

从那些正闲得发慌的翻译官中走出一个。

"他说要您给他让路。"

"不行,我要生擒他!"

通译译完,对方又说起来。

"他说,他必须去前面传令,否则,战斗就不能按原计划进行……"

"如果他告诉我哈里发伊索阿雷在哪里,我就放他过去!"

撒拉逊人朝一座小山指一指,大声叫嚷。通译说:"在左边那座小山头上!"朗巴尔多拨转马头,飞驰而去。

那位哈里发,一身草绿色穿着,正朝着地平线眺望。

---

[1] 中世纪欧洲人对阿拉伯人或伊斯兰教徒的称呼。

"通译!"

"到!"

"告诉他,我是罗西利奥内侯爵之子,前来替父报仇。"

通译传话,哈里发将一只五指并拢的手举起来。

"他是谁?"

"我父亲是谁?这是你对他的又一次新的侮辱!"朗巴尔多一挥手拔出长剑。哈里发随之效仿,抽出一柄锋利的短剑。正当朗巴尔多处于劣势之际,那个面色苍白如石灰的撒拉逊人气喘吁吁地奔过来,嘴里大声呼叫着什么。

"先生们,请住手!"通译急忙翻译,"请原谅,我弄错了:哈里发伊索阿雷在右边那座小山上!这一位是哈里发阿卜杜尔。"

"谢谢!您是一名可敬的君子!"朗巴尔多说道,并将马退开一步,举剑向哈里发阿卜杜尔告别,然后策马奔向对面的山头。

朗巴尔多是侯爵之子的消息传来时,哈里发伊索阿雷说:"什么?"人们不得不在他耳边大声重复几遍。

最后他明白了,举起长剑。朗巴尔多向他冲杀过去。

但是在短兵相接时，他疑心此人也不是伊索阿雷，劲头有些下降。他力求全神贯注地拼杀，可是精神越集中，他对交锋者的身份的怀疑越重。

这种游移不定变成了他的致命弱点。那摩尔人一步步向他逼近。这时在他们周围鏖战正急，一位伊斯兰教徒军官在混战的旋涡中心左右抵挡，并且突然大吼一声。

朗巴尔多的对手听见这叫声，举起盾牌要求暂停，并答复了一句话。

"他说什么？"朗巴尔多问通译。

"他说：'好，哈里发伊索阿雷，我马上将眼镜送到！'"

"唉，那么，不是他。"

"我是，"对手解释，"替哈里发伊索阿雷送眼镜的专职侍卫官，你们基督徒还不知眼镜为何物吧？就是矫正视力的镜片。伊索阿雷因为近视，不得不在作战时也戴上眼镜，但是镜片是玻璃制成的，每打一仗他都要碎掉一副眼镜，我负责向他补充新的眼镜。因此，我请求停止同您的对打，否则，哈里发会因为视力不佳而战败。"

"噢，掌镜官！"朗巴尔多怒吼一声，盛怒之下他不知道应当将对手打个落花流水还是应当赶去杀那真正的伊索阿雷，可是，同一个瞎眼的敌人打仗能算什么本事呢？

"先生，您应当放我过去，"那送眼镜的又说道，"因为在战书里规定，伊索阿雷应当保持良好的健康状况，如果他看不见就要吃败仗！"他挥动手中的眼镜，朝远处喊道："来了，哈里发，眼镜马上送到！"

"不行！"朗巴尔多说着，一挥手砍过去，将玻璃片打得粉碎。

就在那同一瞬间，似乎镜片碎裂的响声是他毙命的信号，伊索阿雷被一支基督徒的长矛当胸刺中。

送眼镜的军官说："现在他去看天堂的美景，不再需要眼镜了。"他策马离去。

哈里发的尸体从马鞍上倒下来，由于脚被马镫子绊住而倒悬着，马拖着尸体行走，一直拖到朗巴尔多的脚边。

看到死去的伊索阿雷倒在地上，他心潮起伏，百感交集，甚至有些自相矛盾，其中有替父报仇雪恨终于成功的喜悦，有对自己打碎哈里发的眼镜而造成他死亡这种方式是否算完成报仇责任的怀疑，有在突然间发现自己追逐的目标丧失而感到的惊怔，这一切在他的心里只存在了短暂的时刻。然后，他觉得战斗中一直压在心头的复仇的思想重担已经卸掉，心情格外轻松。他可以自由奔跑了，可以左顾右盼、东张西望了，仿佛脚上生出了翅膀，可以飞起来了。

在此之前，他一心想着杀哈里发，根本没有注意到战斗的进程，也无暇去想战斗的结局将是什么样的情形。现在他觉得周围的一切是那么陌生，就在这时他才感到恐惧和惊悸。遍地尸首狼藉。人们倒在盔甲之下，横七竖八地躺着，好像是一些胸甲、腿甲或其他的铁护身器成堆地倒在地上。只有些胳膊或大腿还跷在空中。沉重的盔甲有的地方裂开口，内脏从那里暴露出来，仿佛在铠甲里面装的不是完整的人体，而是马马虎虎地填放着一些腑脏肚肠，一遇裂口就往外淌，这种残酷的景象使朗巴尔多不安。他难道能够忘记曾有一些热血男儿使这些铁壳活动起来并赋予它们生气吗？每一件铠甲下都曾有过一个生命，只有一件例外，或者说，他觉得白甲骑士那种看不见、摸不着的人此时遍布整个战场。

他策马快行。他不愿遇见活着的人，不论是朋友还是敌人。

他来到一个小山谷。这里除了死尸以及在尸体上嗡嗡叫的苍蝇，不见人的踪影。战斗进行到了暂时休战的时候，或者激战转移到战场的另一头去了。朗巴尔多在马上仔细察看四周。一阵马蹄声传来，一个骑马的武士在一座山梁上出现。是一个撒拉逊人！只见他迅速地打量周围环境，勒紧辔头逃跑了。朗巴尔多扬鞭抽马，紧追过去。现在他也来到山梁上，他看见那个撒拉逊人在远处的草地上飞驰，一下子又消失在一片核桃树林里。朗巴尔多的骏马像一支利箭射出，它仿佛一直在等待着这次奔跑的机会。年轻人很高兴。终于，在毫无生气的外壳之下，马像一匹马，人像一个人了。撒拉逊人向右拐弯。为什么？此刻朗巴尔多肯定自己能追上他。可是另一名撒拉逊人从右边的灌木丛中跳了出来，截住他的路。这两个异教徒转过身来，一齐面对着他：中了埋伏！朗巴尔多举剑迎面冲过去，并大声喝道："胆小鬼！"

后来的那个与他交上手。只见他那黑色的头盔上缀着两只角,简直像只大胡蜂。青年挡住对方的一击,并将它推回去,使对方的刀背撞击到他自己的盾牌上,可是马突然偏向,是原先的那一位向他逼近了,此时朗巴尔多不得不将长剑与盾牌并用,亦攻亦守,他只能让自己的马夹紧腿在原地左右移动。"胆小鬼!"他大声呵斥,他真的动气了。这真是一场苦战,他一个人同时对付两名敌人,他渐渐感到体力不支,真是精疲力竭了,也许朗巴尔多即将死去,此时世界肯定还是存在的,他不知道现在去世很可悲还是不大可悲。

那两位一齐向他杀过来,他后退,紧紧握住剑柄,仿佛是抓住自己的性命一般;如果这把剑脱手,他就将惨败。就在这时,就在这危急关头,他听见快马疾驰的声音。两个敌人听到这声音,如同听见战鼓一般,一齐从他身边撤离,举起盾牌防护着向后退却。朗巴尔多也转过身去,看见从背后来了一名身佩基督徒军队标志的骑士,在铠甲之外穿一件淡紫色披风。他急速地旋转一支轻便长矛,将撒拉逊人逼退。

现在,朗巴尔多与不相识的骑士并肩作战。骑士一直在旋转着长矛。敌兵中的一个使了一个虚招,想从他手中打掉那支长矛。而紫衣骑士此时将长矛在背架的钩子上挂好,抽出一把短剑。他向异教徒扑过去,两人开始搏斗,朗巴尔多看着这名不相识的救援者那么灵巧地使用短剑,几乎忘掉了别的一切,呆呆地站着欣赏。可是,只是稍待片刻,另一名敌人向他扑来,两人的盾牌重重相撞。

于是,他在紫衣骑士的身旁拼杀起来。每当敌人由于一次出击失败而后退时,他们两人就迅速交换位置,互相接替着与对手交锋,就这样以他们各自不同的熟练武艺搅得敌人眼花缭乱,应接不暇。在一个战友身旁作战比起孤身奋战要美得多:互相鼓励,互相安慰,敌人当前的紧张感与有朋友相伴的欣慰感汇成那么一股热力。

朗巴尔多为了振奋精神,不时向同伴呼喊两句,那位一声不响。青年明白在战斗中以少出大气为好,他也不出声了。但是他没能听见同伴的声音,感到有点遗憾。

激战更趋紧张。紫衣勇士将他的那个撒拉逊人掀下马。那人双脚落地,就向灌木丛中逃窜。另一个向朗巴尔多猛扑过来,可是在交战中折断了剑头,他怕被生擒,掉转马头，也逃走了。

"多谢了，兄弟。"朗巴尔多向救援者说道，同时掀开面罩，露出脸来，"你救了我的性命呀！"他把手伸给对方，"我是罗西利奥内侯爵家的朗巴尔多，青年骑士。"

紫衣骑士不搭腔。他不报自己的姓名，不握朗巴尔多伸出的手，也不露脸。青年面色绯红："你为什么不回答我呢？"只见那位拨转马头，飞驰而去。"骑士，尽管我欠着你的恩情，我仍将把这种表现看成对我的一次极大的侮辱！"朗巴尔多大声嚷着，可是紫衣骑士已经走远。

对无名救援者的感激、在战斗中产生的默契、对出乎意料的无礼态度的愤怒、对那个神秘人物的好奇心、在胜利之际尚未平息的顽强拼搏的劲头，都令朗巴尔多欲罢不能，于是他催马前行，要去追踪紫衣骑士，并大声喊："不论你是什么人，我定要报复！"

他用马刺踹马，踹了一下又一下，可是战马毫不动弹。他拉拉马嚼子，马头朝下坠。他拨动马鞍的前穹，马摇晃几下，就像一只木马。他只得动手拆卸马衣，揭开马的面罩，看见马翻着白眼：它死了。撒拉逊人一剑从马衣上两片之间的缝口中扎进去，刺中了心脏，如果不是铁马甲将马蹄和马胯扎紧，使得马像在地上生了根一般地僵立着，这马早就摔倒了。霎时，朗巴尔多对这匹忠实效劳直至站立而死的勇敢战马的痛惜之情压倒了心中的怒火，他两手搂住那匹如雕塑般挺立的马的脖子，吻它那冰凉的面颊。后来他镇静下来，擦干眼泪，跳下马，跑开了。

可是他能上哪里去呢？他沿着依稀可辨的野径跑，来到一条河边，岸边杂树丛生，这附近已看不出战争的迹象。那个陌生武士的踪迹已消失。朗巴尔多信步向前走去。他泄气了，明白那人已经逃脱。但是他仍然想："我一定会找到他的，哪怕他在天涯海角！"

经过了那么一个火热的早晨，现在最折磨他的是干渴。他走下河滩去喝水，听见树枝响动。一匹战马被一根绊绳宽宽松松地系在一棵核桃树上，正在啃食地上的青草，笨重的马衣被卸下来，摊放在离马不远的地方。无疑是那个陌生骑士的马，那么骑士不会太远了！朗巴尔多钻进芦苇丛中搜寻起来。

他来到岸边，从芦苇叶子里探出头来，只见武士就在那边，头和背还缩在坚硬的头盔和胸甲里，就像一只甲壳动物，然而大腿、膝盖、小腿的护甲已经脱掉，总之，腰以下全部赤裸着，光脚踩着河里的石头，一蹦一跳。

朗巴尔多不敢相信自己的眼睛。因为那赤裸的部分表明是一个女人：生着金色细毛的光洁的小腹、粉红色的圆臀、富有弹性的少女的长腿。这个少女的下半身（那有甲壳的另一半现在还是一个非人形的无法形容的模样）旋转一圈，寻找一个合适的地方，她将一只脚跨在一道溪流的一侧，另一只脚跨在另一侧，膝盖弯曲，戴着臂甲的手支撑在膝上，头向前伸，背向后弓，姿态文雅而又从容不迫地开始撒尿。她是一个匀称完美的女人，生着金黄的汗毛，仪态高贵。朗巴尔多立刻为之倾倒。

年轻的女武士走下河岸，将身子浸入水中，轻快地浇水洗浴，身体微微战栗。她用那双粉红色的赤脚轻捷地跳着跑上岸来。这时，她发现朗巴尔多正在芦苇丛中窥视她。"猪！狗！（德语）"她厉声怒斥，并从腰际抽出一把匕首向他掷过去。那姿势是妇女大发雷霆时朝男人头上摔盘子、扫帚或随便抓到手的什么东西那样狠狠地一掼，失去了使惯武器的人的准确性。

总之,没有伤着朗巴尔多头上一根毫毛。小伙子羞怯怯地溜开了。可是,过了不久,他渴望再见她,渴望以某种方式向她表达自己的爱慕之情。他听见马的前蹄踢蹬,忙向草地跑去,马已不在那里,她走了。太阳西沉,此时他才想起一整天的时间已经过去了。

长时间的徒步行走之后,他感到身体十分疲劳,接踵而至的幸运事使他的大脑受到刺激而呈现兴奋紊乱的状态。他实在太幸运了。复仇的渴望为更加令人焦灼不安的爱的渴望所代替。他回到宿营地。

"你们知道吗?我替父亲报了仇,我胜了,伊索阿雷倒下了,我……"他语无伦次,说得太快,因为他急于讲到另一件事情,"……我一个对付两个,来了一名骑士援助我。后来我发现那不是一名武士,而是一个女人,她长得很美,我不知道脸生得如何,她在铠甲外面穿一件紫色披风……"

"哈,哈,哈!"帐篷里的同伴们哄笑起来,他们正专心地往伤痕斑斑的胸脯和胳臂上抹香膏,浓重的汗臭味从身上散发出来。每次打完仗脱下铠甲，个个都是一身臭汗。"你想和布拉达曼泰好，小跳蚤！你以为她准会要你吗？布拉达曼泰要么找将军，要么同小马倌厮混！你再拍马屁也休想沾她的边！"

朗巴尔多无言以对。他走出帐篷。西斜的太阳火一样通红。就在昨天，当他看到日落时，曾自问："明日夕照时我将是什么样呢？我将经受住考验吗？我将证实自己是一个男子汉吗？我将在走过的大地上留下自己的一道痕迹吗？"现在，这正是那个明日的夕阳，最初的考验已经承受过了，不再有什么价值，新的考验和艰难困苦等待着自己，而结论已经在那前面摆着。在这心神不定的时候，朗巴尔多很想同白甲骑士推心置腹地聊聊，他不知道为什么觉得他是唯一可以理解自己的人。

05

在我的小房间下面是修道院的厨房。我一面写作一面听着铝盘锡盘叮当响,洗家什的修女正在用水冲洗我们那油水不多的食堂的餐具。院长给我一项与众不同的任务:撰写这个故事。但是修道院里的一切劳作历来只为达到一个目的:拯救灵魂。这好像是唯一应做的事情。昨天我写到打仗,在水槽里的碗碟的响声中我仿佛听见长矛戳响盾牌和铠甲互相碰撞的声音,利剑劈砍头盔的声音,从院子里传来修女们织机上弄出的嗒嗒声,我觉得那就是骏马奔驰时的马蹄踏地声。我闭上眼睛,将耳朵里听到的那一切都化作图像。我的嘴唇不动,没有语言,而语言跳到白纸上,笔杆紧追不舍。

也许今天的空气燥热一些,白菜的味儿比往常更频繁地飘过来,我的大脑也更加迟钝,无法从洗碗的嘈杂声中驱除法兰克军队开饭时的景象。我看见士兵们在蒸汽缭绕的军用大锅前排队，不停地拍打饭盒和敲响饭勺儿，长柄大勺一会儿碰响盆儿碗儿的边，一会儿在空锅里刮响有水垢的锅底。这种景象和白菜气味在各个连队里都是一样的，无论是诺曼底的连队、昂茹的连队，还是勃艮第的连队。

倘若一支军队的实力是以它发出的声响来衡量的话，那么开饭之时是法兰克军队大显威风的时候了。那响声震撼山谷平川，向远处传播，直到和从异教徒的军锅里发出的相同声响汇合。敌人们也在那同一时辰捧着一盆味道极次的白菜汤狼吞虎咽。昨日战事甚少，今天尸臭味儿不觉太浓。

因此，我只得在想象中把我的故事中的英雄们聚集在伙房里。我看见阿季卢尔福在热腾腾的蒸汽中出现，他往一只大锅上探着身，正在训斥奥维尔涅连队的厨师。这时朗巴尔多出现了，正朝这边跑来。

"骑士！"他还在喘气就说起来，"我可找到您了！是我呀，您记起来了吗？那个想当皇帝卫士的人！在昨天的战斗中我报了仇……是在混战中……后来我一个人，对付两名敌人的……伏击……就在那时候……总之，现在我知道打仗的滋味了。我真想在打仗时把我派到一个更危险的位置上去……或者被派去干一件能建立丰功伟绩的大事情……为我们神圣的信仰……拯救妇孺老弱……您可以告诉我……"

阿季卢尔福好大一会儿仍旧以背对着他，仿佛以此表示厌烦别人打断他执行公务。转过身来之后，他便对着朗巴尔多侃侃而谈，可以看出他对别人临时提出的任何一个论题都能驾轻就熟，而且分析得头头是道。

"青年骑士，从你之所言，我觉得你认为当卫士的途径仅仅是建立丰功伟绩，你想打仗时当先锋，你想干一番惊天动地的个人事业，也就是说诸如捍卫我们神圣的信仰、救助妇孺老弱、保护平民百姓等伟业。我理解得对吗？"

"对。"

"你说得对。你提到的这些确实都是优秀军人身负的特殊使命，但是……"说到这里，阿季卢尔福轻轻一笑，这是朗巴尔多第一次听到从白色铠甲里发出的笑声，是既带嘲弄意味而又不失礼貌的笑,"……但不仅是这些。如果你愿意,我可以轻易地给你逐一列出属于各级卫士的职责,普通卫士、一级卫士、参谋部卫士。"

朗巴尔多打断他:"骑士,我只要以您为榜样,像您那样做就行了。"

"那么你把经验看得比教条重要,这是允许的。你今天正巧看见我在值勤,像每周的星期三一样,今天我是军队后勤部监察官。以此身份,我检查奥维尔涅和布瓦杜连队的伙房,此外,我还将负责掩埋阵亡者的尸首。如果你随我来,你将能慢慢地熟悉这些棘手的公务。"

朗巴尔多大失所望,有点不痛快。但是他不死心,装出对阿季卢尔福与厨子、酿酒师、洗碗工打交道和谈话感兴趣的样子,心里还想着这只是投身于某种轰轰烈烈的壮举之前的一项例行预备活动。

阿季卢尔福反复计算食品的配额,掂量每一份汤的多少,统计饭盒的数目,察看饭锅的容量。"你知道吗,令一个军队司令部最感到头痛的事情,"他向朗巴尔多解释,"就是算准一只军锅里装的汤可以盛满多少只饭盒。在无论哪个连队里这个数字都不对头。不是多出许多份饭,不知怎么处理和如何在花名册上做账,就是减少配额后不够吃,那立刻就会引发怨声载道。实际情况是每个伙房都有一群乞丐、残疾者、穷人前来收集剩饭。但是,大家都知道,这是一笔糊涂账。为了清出一点头绪来,我要求每个连队交上一份在编人员的名单,并将那些经常来连队伙房就餐的穷苦百姓的名字也登记成册。这样嘛,就可以准确地了解每一盒饭的下落。那么,为了实践一下卫士的职责,现在你可以拿着名册,到各个连队的伙房里转一圈,检查情况是否正常。然后回来向我报告。"

朗巴尔多应当怎么办呢?拒绝,另寻功名或者什么都不干吗?就照他说的干吧,否则,有因小失大的危险。他去了。

他快快不乐地回来了,什么也没弄明白。"唉,我觉得只能让事情如此继续下去,"他对阿季卢尔福说,"理所当然是一团糟。另外,这些来讨饭的穷百姓都是亲兄弟吗?"

"为什么是兄弟呢?"

"唉，他们彼此太相像了……简直长得一模一样，叫人无法区分，每一个连队都有这么一个与众不同的人物。起初我以为这是同一个人，他在各连队的伙房之间来回转。可是我查阅了所有的名册，那上面写的名字各不相同：博阿莫鲁兹、卡洛杜恩、巴林加丘、贝尔特拉……于是我向各伙房的军士打听这个人，再与名单核实：对呀，人与名字总是相符合。可是，他们的长相相同是千真万确的……"

"我亲自去看看。"

他们向洛林连的营地走去。"在那里，就是那个人。"朗巴尔多指向一处，那里似乎有什么人在。实际上是有，但是第一眼看过去时，视觉会把那人一身肮脏的黄绿色的破衣烂衫，一张满是雀斑、胡子拉碴的脸同泥土与树叶混淆在一起。

"那是古尔杜鲁！"

"古尔杜鲁？又一个名字？您认识他吗？"

"他是一个没有名字而又可以有无数名字的人。谢谢你，青年骑士。你揭露了我们后勤事务中一起非正常事件。"

阿季卢尔福和朗巴尔多走到古尔杜鲁面前。

"让他去做一件实实在在的工作,是使他懂得道理的唯一办法。"阿季卢尔福说,然后向着古尔杜鲁,"你是我的马夫,这是神圣皇帝、法兰克国王查理的命令。从现在起,你应当事事服从我。我已受丧葬处委派,负责完成掩埋昨天的战死者的善行,你带上锹和镐,我们去战场,替弟兄们受过洗礼的身体盖上黄土,上帝会保佑他们升天。"

他也邀请朗巴尔多随行,因为他认为这是卫士的另一项重要使命。

三人一起走向战场。阿季卢尔福有意让自己的步履显得轻快敏捷,结果像穿上了高跟鞋似的走得一扭一拐;朗巴尔多眼睛睁得滴溜儿圆,朝四下张望,急切地想辨认出那些昨天在枪林箭雨之下曾经走过的地方;古尔杜鲁扛着锹和镐,一路上吹口哨,唱山歌,全然不懂得他将要做的那件事情的庄严性。

他们登上一块高地,昨日发生过激战的平原展现在眼前,遍野尸首纷陈。一些秃鹫使用脚爪钩住尸体的背或脸,将长嘴伸进开裂的腹腔内拨弄着啄食内脏。

秃鹫的此种行径不是一开始就这么顺利的。战斗刚结束时它们就光顾过了,但是战场上的死人都有铁甲护身,任凭这些猛禽的利喙几番敲啄,铠甲上头不见裂纹。天刚刚亮,从阵地对面悄悄爬上来几名盗尸者。秃鹫就飞上天,在空中盘旋,等待他们劫掠完毕。几抹朝晖照亮战场,白花花一片赤裸的尸体。秃鹫重新降落,开始盛宴。但是它们必须加紧享用,因为掘墓人很快就要到来,这些人宁肯让尸体喂地里的爬虫,也不允许空中的飞鸟来吃。

阿季卢尔福和朗巴尔多挥剑,古尔杜鲁舞镐,驱赶这些黑色的来访者,撵它们飞走。然后他们开始了一道令人发怵的必经工序:每人挑一具死尸,抓住两只脚往小山上拖,一直拖到一个适合挖坑的地点。

阿季卢尔福拖着一具尸体,想道:"死人啊,你有我从来不曾有过并且永远不会有的东西:这个躯壳。或者说,你没有躯壳。你就是这个躯壳。就是因为它,有时候,当情绪低落时,我会突然嫉妒存着的人。漂亮的玩意儿！我可以说是得天独厚，我没有它照样也能干活，而且无所不能。无所不能——应当理解——这才是我认为最重要的本事；我能把许多事情做得比存在着的人更好，没有他们身上常见的俗气、马虎、难持久、臭味等缺点。存在着的人总要摆出什么样儿来，显示出一个特殊的模样，我却拿不出来，这一点倒也是事实。可是如果他们的秘密就在这里，在这一袋肠子里的话，谢天谢地，我可不要有。见过这满山遍野残缺不全、赤身裸体的尸首之后，再看到活人的肉体时就不会感到恶心了。"

古尔杜鲁拖着一个死人，想道："死尸呀，你放出的屁比我的还臭哩。我不明白为什么大家都为你哀悼。你失去了什么呀？从前你跑跑跳跳，现在你的运动转移到你滋生的爬虫身上了，你长过指甲和头发，现在你将渗出污水，使地上的青草在阳光下长得更高。你将变成草，然后是吃草的牛的奶，喝牛奶的孩子的血，如此等等。尸体呀，你看，你不是活得比我强得多啦？"

朗巴尔多拖着一具尸体，想道："死人呀，我跑呀跑，就是为了跑到这里来像你一样被人抓住脚后跟拖走。现在你眼睁睁地死不瞑目，你在石头上磕碰的脑袋面朝青天，在你看来，这将我驱使至此的疯狂劲头究竟是什么呢？这战争狂热和爱情狂热又是什么呢？我要好好想想。死人啊，你使我思考起这些问题。可是能有什么改变呀？什么也不会变。我们除了这些进坟墓之前的日子外没有别的时间，对我们活人是如此，对你们死人也是如此。我不能浪费时日，不能浪费我现有的生命和我将可能有的生命。应该用这生命去为法兰克军队建立卓越功勋，去拥抱高傲的布拉达曼泰。死人哪，我愿你没有虚度你的光阴。无论如何，你的骰子已亮出它们的点数。我的骰子还在盒子里跳跃。死人呀，我眷恋我的追求。不喜欢你的安宁。"

古尔杜鲁唱着歌儿，准备挖坟坑。为了测量坟坑的大小，他将死人在地上摆正，用铁铲画好界线，移开尸体，就非常起劲地挖起来。"死人，也许这样等着你觉得无聊。"他把尸体转为侧身面向坟坑，让它看着自己干活，"死人，你也能挖几铲土吧。"他将死尸竖立起来，往它手里塞一把铁铲。尸体倒下，"算了。你不行。挖坑的是我，填坑的可就是你啦。"

坟坑挖成了，但是由于古尔杜鲁胡乱刨土，形状很不规则，坑底狭小，像个水罐。这时古尔杜鲁想试一试，他走进坑里躺下。"噢，真舒服，在这下面休息真好！多软和的土地！在这里翻个身多美呀！死人，你下来看看，我替你挖了一个多么好的坑呀！"接着他又转念一想，"但是，既然你我都明白是该你来填坑，我躺在下面，你用铲子把土撒到我身上不更好吗！"他等了一会儿，"动手呀！快干呀！你还等什么呀？这样干！"他躺在坑底，举起手中的镐头，开始把土往下扒。一大堆土倒塌在他身上。

阿季卢尔福和朗巴尔多听到一声细弱的呼叫，他们看见古尔杜鲁好好地把自己埋起来，不明白他的叫喊是惊恐还是快活。当他们把浑身是土的古尔杜鲁拉起来时，才发现他几乎因窒息而丧命。

骑士看到古尔杜鲁的活干得很差，朗巴尔多也挖得不够深。他却构筑了一块完整的小墓地，坟坑是长方形的，在坑两旁平行地修了两条小路。

傍晚时他们往回走，经过林中一块空地。法兰克军队的木匠们曾在此伐木，树干用来造战车，枝条当柴火。

"古尔杜鲁，这会儿你该打柴了。"

然而，古尔杜鲁用斧头乱砍一通之后，将干树枝、湿木块、蕨草、灌木、带苔藓的树皮一起打成捆。

骑士将木匠们干的活儿巡视一遍，他检查工具，察看柴垛，并向朗巴尔多说明在木材供应上一个卫士的职责是什么。朗巴尔多并没有把他的话听进耳里，此时一个问题一直烧灼着他的喉咙，眼看同阿季卢尔福一起的散步即将结束，他还没有提出来。"阿季卢尔福骑士！"他打断骑士的话。

"你想说什么？"阿季卢尔福正抚弄着斧头，问道。

青年不知从何说起，他不会找一个假借口来迂回到自己心中念念不忘的唯一话题上去。于是，他涨红了脸，说道："您认识布拉达曼泰吗？"

古尔杜鲁正抱着一捆他自己砍的柴火向他们走来，听见这个名字，他跳了起来，柴火棒飞散开来，有带着花儿的香忍冬枝条，挂着果子的刺柏，连着叶片的女贞。

阿季卢尔福手里拿着一把极其锋利的双刃斧。他助跑一段，然后将斧头朝一棵橡树的树干猛砍过去。双刃斧从树的一边进，从另一边出，动作干脆利落，技法是如此精确，以至于树干砍断了，却没有离开树桩，没有倒落。

"怎么啦？阿季卢尔福骑士！"朗巴尔多惊跳一步，"什么事情惹您生气了？"

阿季卢尔福此时抱起胳膊，绕着树干一边走一边打量。"你看见了吗？"他对青年说，"一刀两断，纹丝未动。你看看刀口多么整齐。"

06

我着手写的这个故事比我预想的要难写得多。现在到了我该写人间尘世里最疯狂的情感——男女爱恋之情的地方了。修行的誓愿、隐修的生活和天生的羞怯使我回避爱情而来到了这里。我不是说从来没有听人说起过这种事情。就在修道院里,为了提防诱惑,我们在一起议论过几次,凭着朦胧的臆想好像能够略窥其中的奥秘。有时某个可怜的姐妹由于缺乏经验而怀孕,或者有人被不敬畏上帝的强人掳去之后,回来向我们讲述那些人对她的所作所为。每当这些时机,我们便会有所议论。因此,关于爱情,我也将像描写战争那样,随便讲讲我所能想象得到的一些东西。编写故事的技巧就在于擅长从子虚乌有的事情中引申出全部的生活;而在写完之后,再去体验生活,就会感到那些原来自以为了解的东西其实毫无意义。

布拉达曼泰大概对此感受更深切吧？当她历尽女骑士的戎马生涯之后，一种深深的不满足感潜入她的心扉。她当初走骑士之道是出于对那么一种严格、严谨、严肃、循规蹈矩的道德生活的向往，对极其标准规范的武功和马术的爱好。然而，她周围有些什么呢？尽是一些汗臭熏天的男人。他们功夫不到家，打起仗来却满不在乎。一旦从公务里脱身，马上开始酗酒，或者傻乎乎地跟在她身后转悠，等待她从他们之中挑出一个带回帐篷过夜。众所周知，当骑士是一件了不起的事情，可是这些骑士却是这般愚顽，他们对待如此高尚的事业一贯敷衍塞责，马虎至极；他们起初曾宣誓遵守严明的纪律，对于一成不变的死板的军规，懒得动脑筋挑剔反对，但都逐渐学会了在军规之下快活舒服地混日子的本事。打仗嘛，既是厮杀拼命，也是例行公务，不必深究。

布拉达曼泰其实与他们是大同小异，也许她心中念念不忘对简朴而严肃的生活的渴求，正是为了同她真正的性格相对抗。比方说，假若法兰克军队中有一个邋遢的人的话，那就是她。她的帐篷，如果说还算一个帐篷的话，是整个军营中最欠整洁的。可怜的男人还勉强做着那些一向被认为是女人分内的事情,像缝补浆洗、扫地抹灰、清除垃圾等。而她呢,从小像公主一样娇生惯养,在这些事情上从不动手,如果没有那些总是围着连队转的洗衣物和干杂活的老妇——她们个个都是极会侍候人的——她的住处连狗窝都不如。她在里面待的时间不多,她的日子是穿着铠甲在马上度过的。实际上,一旦将兵器披挂好,她就变成了另外一个人,头盔的眼眶里目光炯炯,浑身上下光彩逼人,崭新的锁子甲上密合无缝的块块甲片闪烁出耀眼的金光,串连甲片的是淡紫色的彩带,倘若有一根带子散脱,那可就不得了。她有着要做战场上最辉煌的人物的雄心,再添上女性的自负,她不断地向男性武士们挑战,表现出一种优越感,一股傲气。她认为无论在友军还是敌军中,武器保养得好和使用得妙就是心灵健全完美的体现。如果遇上她认为堪称勇士的人,她就会对其追求给予相当的回报,那时具有强烈爱欲的女性的本性就在她身上苏醒了;也就是说她把一套冷峻的想法抹消得一干二净,突然变成一个温柔而热烈的情人。可是,如果那男人顺势纠缠不休，过分放肆，举止失控的话，她就立刻变脸，重新寻找更坚强的男性。然而她能再找到谁呢？不论基督徒军还是敌军中的勇士里已经没有任何人能打动她的心，她领教过他们每一个的软弱和无聊。

当热切寻找她的朗巴尔多第一次目睹她的真实风采时，她正在自己帐篷前的空地上练习拉弓。她穿着一件短短的紧身衣，裸露的手臂撑着弓，面色由于使劲而微微泛红，头发挽在颈后，蓬蓬松松地系成像马尾似的一大束。但是朗巴尔多的目光并没有停下来如此仔细地端详，他只看见一个完整的女性，她本人，她的色彩，这只能是她，那个他几乎还未见过而又一心渴慕的人儿。他早就觉得，她不可能是别的模样。

箭从弓上射出，正好射中靶心，那里已经插着三支箭了。"我邀请你比试射箭！"朗巴尔多说着，向她跑过去。

青年总是这样追逐着少女。真是对她的爱情在推动着他吗？或许首先不是爱情本身，他是在追求只有女人才能给予的自我存在的确实感吧？青年一片痴情地跑过去，他既感到欢欣鼓舞，又觉得忐忑不安，抱定孤注一掷的决心。在他看来，女人就是眼前实实在在存在着的那一个。只有她才能给予他那种体验。而女人呢，她也想知道自己存在还是不存在。她就在他的面前，她也是心急如焚而又信心不足，为什么青年对此毫无察觉呢？两人之中谁是强者、谁是弱者又有什么要紧呢？他们是相同的。然而，青年不懂得这一点，因为他不想弄懂。他如饥似渴地需要的就是存在着的女人，实实在在的女人。而她懂得更多的东西，或者懂得更少一些；总之，她懂得另外的东西。现在她一心追求的是另一种生存方式。他们一起进行一场射箭比赛。她大声呵斥他，并不赏识他。他不明白她在捉弄他。四周是法兰克军队的帐篷，旌旗随风舞动，一行行战马贪婪地嚼食着草料。男仆们准备军人的饭食。等待午餐的武士们围成一圈儿，观看布拉达曼泰同小伙子一起射箭。

"你射中了靶，但纯系偶然。"

"偶然？我可是箭无虚发呀！"

"你就是百发百中，也是偶然！"

"那么怎样才不算是偶然呢？谁能够必然成功呢？"

阿季卢尔福慢条斯理地从营地边上走过，白色的铠甲之外披着一件长长的黑色披风。他在一旁踱步，明知有人在注意自己，却佯装不睬，自信应当摆出毫不在意的样子，相反心里却是很看重，只是以一种旁人难以理解的与众不同的方式表现罢了。

"骑士，你来让他看看该怎么做……"布拉达曼泰这时的声音里没有了平素轻蔑的腔调，态度也不那么傲气十足了。她朝阿季卢尔福走过去两步，呈上一张弦上搭箭的弓。

阿季卢尔福缓缓地走过来，接过弓箭，向后抖落披风，将两只脚一前一后呈直线摆好，举臂向前，他的动作不像肌肉和神经为瞄准靶子所做的运动，他发放出一股股力量，并将它们依次排列好，使箭头固定在一条通向目标的看不见的直线上，那么他只消拉弓就成，箭离弦，绝对无误，中的之矢。布拉达曼泰大声喝彩："这才叫射箭！"

阿季卢尔福置若罔闻，两只铁手稳稳地握着那张还在颤动的弓，接着将弓扔到地上。他系上披风，两只手在胸甲前握成拳，抓住披风的衣襟，便走开了，他无话可说，什么也没说。

布拉达曼泰捡起弓，甩一下搭在背上的马尾式长发，张臂举起弓。"没有人，没有别的人能射得这样干脆利落吗？有人能够做得每个动作都像他那样准确无误吗？"她这样说话时，脚踢着地上的草皮，将弓在栅栏上砸断。阿季卢尔福径直远去，没有回头。他头盔上的彩色羽毛向前倾，好像他在弯着腰行走，拳头紧紧地握在胸前，抓着黑色的披风。

围观的武士中有些人坐在草地上幸灾乐祸地看着布拉达曼泰失去常态的情形："自从她迷上了阿季卢尔福，可算倒了霉，日夜不得安宁……"

"什么？你说什么？"朗巴尔多脱口而出地问道，一把抓住说话人的一条胳膊。

"喂，少年郎，你心急火燎地追求我们的女骑士！她如今只爱那件里里外外都很干净的铠甲哩！你不知道她迷上了阿季卢尔福吗？"

"怎么可能是……阿季卢尔福……布拉达曼泰……是

怎么回事？"

"当一个女人对所有实实在在的男人都失去兴趣之后，唯一给她留下希望的就只能是一个根本不存在的男人……"

怀疑与失望时时刻刻折磨着朗巴尔多，一定要找到穿白铠甲的骑士的愿望成了他难以遏制的心理冲动。假如现在找到他，他也不知道怎样对待他，是一如既往地征求他的建议，还是将他看作一个情敌。

"喂，金发美人儿，他躺上床，太轻飘飘没有分量了吧？"战友们大声训斥她。布拉达曼泰这一下摔得真惨，她的地位一落千丈，从前谁敢用这样的语调跟她说话呢？

"你说呀，"那些男人继续放肆下去，"如果你把他的衣服脱光，随后你能摸着什么呢？"他们冷嘲热讽地讥笑。

听到人们这样议论布拉达曼泰和骑士，朗巴尔多承受着双份的心痛，他明白自己与这个故事毫不相干，谁也没有把他看成是事情起因中的某一方。他不由得气恼，本来沮丧的心里爱怜与恼怒交织。

布拉达曼泰这时拿起一根鞭子,挥鞭驱散围观的人们,朗巴尔多也在其中:"你们认为我是一个可以让任何男人随意摆布的女人吗?"

那些人边跑边喊:"哎唷!哎唷!布拉达曼泰,你如果需要我们借给他什么东西,只消对我们说一声就行啊!"

朗巴尔多被人推搡着,跟着这群穷极无聊的大兵走散。从布拉达曼泰那里回来后,他心灰意懒,与阿季卢尔福见面也会使他感到难堪。他偶然在身旁发现了另一个青年,叫托里斯蒙多,是康沃尔公爵府的旁系子弟,吹着忧郁的口哨,眼帘低垂看着地面走路。朗巴尔多与这个他几乎还不认识的青年偶然走在一起,他感到需要向别人倾诉衷肠,便与他搭讪起来:"我初来乍到,不知为什么出乎我的意料,一切希望都落空了,永远不能实现,简直不可理解。"

托里斯蒙多没有抬起眼皮来,只是暂时停止了他那沉郁的口哨,说道:"一切都令人厌恶。"

"是呀，你看，"朗巴尔多回答，"我不算是一个悲观主义者，有时候我感到自己充满热情，也充满爱，我觉得能理解一切事情，然后我自问：我现在是否找到了认识事物的正确角度，在法兰克军队里打仗是否就是这么回事儿，这是否真是我梦寐以求的东西。然而，我对什么都不能肯定……"

"你要肯定什么？"托里斯蒙多打断他的话，"权力、等级、排场、名誉。它们都只不过是一道屏风。打仗用的盾牌与卫士们说的话都不是铁打的，是纸做的，你用一个指头就可以捅破。"

他们来到一个池塘边。青蛙呱呱地叫着在池塘边的石头上跳来跳去。托里斯蒙多转身面向营地站住，对着栅栏上插的旗帜做了一个砍倒的手势。

"但是，皇家军队，"朗巴尔多反驳，他想发泄苦闷的愿望被对方的绝对否定态度压灭了，此时他努力不失掉内心的平衡感，为自己的痛苦找到一个适当的位置，"皇家军队，必须承认，永远为捍卫基督教、反对异教的神圣事业而战。"

"既不存在捍卫，也不存在攻击，没有任何意义。"托里斯蒙多说，"战争打到底，谁也不会赢，或者说谁也不会输，我们将永远互相对峙，失去一方，另一方就变得毫无价值。我们和他们都已经忘记了为什么要打仗……你听见这些青蛙叫了吗？我们的一切所作所为与它们呱呱乱叫和从水里跳到岸上，从岸上跳到水里的举动有着相同的意义和性质……"

"我不认为是这样，"朗巴尔多说，"相反，对我来说，一切都太条理化，正规化……我看见人的力量、价值，却是那样的冷漠无情……有一个不存在的骑士，说实话，他使我感到恐惧……但是我钦佩他，他把任何事情都做得那样完善、扎实，似乎我理解了布拉达曼泰……"他脸红了，"阿季卢尔福当然是我们军队中最优秀的骑士……"

"呸！"

"为什么'呸'呀？"

"他也是一副空架子，比其他的人更差劲。"

"你说'空架子'，是指什么而言？他所做的一切，都干得扎扎实实。"

"全不是那么回事！都是假的……他不存在，他做的事情不存在，他说的话不存在，根本不存在，根本不存在……"

"那么，既然同别人相比他处于劣势，他为什么要在军队里找那样一份差使干呢？为了追求荣誉吗？"

托里斯蒙多沉默了一会儿，声音低沉地说："在这里荣誉也是虚假的。一旦我愿意，我将把这一切全毁掉。连这脚下踩着的土地也不留下。"

"没有任何东西可以幸免吗？"

"也许有，但不在这里。"

"谁呢？在哪儿？"

"圣杯骑士。"

"他们在哪儿？"

"在苏格兰的森林里。"

"你见过他们？"

"没有。"

"你怎么知道他们的？"

"我知道。"

他们都不说话了。只听见青蛙在聒噪不休。朗巴尔多被恐惧感攫住,他真怕这蛙鸣淹没一切,将他也吞进那正在一张一合的绿油油、滑腻腻的蛙腮里去。他想起了布拉达曼泰,想起了她作战时高擎短剑的英姿,便忘记了刚才的恐慌。他等待着在她那双碧绿似水的眼睛面前奋战拼搏和完成英勇壮举的时机。

07

在修道院里,每个人都被指派了一项赎罪的苦行,作为求得灵魂永生的途径,摊到我头上的就是这份编写故事的差事,苦极了,苦极了。屋外,夏日的骄阳似火,只听得山下水响人欢,我的房间在楼上,从窗口可望见一个小河湾,年轻的农夫们忙着光身子游泳,更远一点的地方,在一丛柳树后面,姑娘们也褪去衣衫,下河游起来。一个小伙子从水底潜泳过去,这时正钻出水面偷看她们,姑娘们发觉了,大惊小怪地叫喊。我本来也可以在那边,同与我年纪相仿的青年们,同女佣和男仆们成群结伴,戏谑欢笑。可是我们的神圣的天职要求把尘世的短暂欢愉置于更永久的什么东西之后,更永久的东西……然后,还有这本书,还有我们的一切慈善活动,大家做这些事情时都怀着一颗冷如死灰的心,这颗心也还不是死灰一团……只是同河湾里那些打情骂俏的人相比黯然失色。那些男女之间的调笑挑逗像水面的涟漪一样不断地向四周扩展……绞尽脑汁写吧，整整一小时过去了，笔上饱蘸黑色的墨水，笔底却没有出现半点有生气的东西。生命在外面，在窗子之外，在你身外，你好像再也不能将自己隐藏于你所写的字里行间了，但是你无力打开一个新的世界，你无法跳出去。也许这样还好一些。假如你能愉快地写作，既不是由于上帝在你身上显示奇迹，也不是由于上帝降圣宠于你，而是罪孽、狂心、骄傲作怪。那么，我现在摆脱它们的纠缠了吗？没有，我并没有通过写作变成完人，我只是借此消磨掉了一些愁闷的青春。对我来说，这一页页不尽如人意的稿子将是什么？一本书，一次还愿，但它并不会超过你本人的价值。通过写作使灵魂得救，并非如此。你写呀，写呀，你的灵魂已经出窍了。

那么，您会说，我应当去找院长嬷嬷，请她给我换个活儿干。派我去打井水、纺麻线、剥豆子吗！不可能。我将继续写下去，尽可能地履行好一个文职修女的职责。现在我该描述卫士们的宴席了。

查理大帝违反明文规定的皇家规矩，当其他同席的就餐者尚未来到之时，他就提前入席了。他坐定之后，便开始遍尝面包、奶酪、橄榄、辣椒，总之，尝尽桌面上已摆好的所有东西。不仅吃遍尝尽，而且是用手抓取的。至高无上的权力往往使哪怕最能克己的君主也失去约束，变得骄纵任性。

卫士们三三两两地到来，他们穿着锦缎制成的、镶着花边的军礼服，没忘记将紧身的锁子甲显露出一部分，这种锁子甲的网眼又稀又大，是闲暇时穿的胸甲，像镜子一般锃亮，但只消用短剑挑一下，就会裂成碎片。起初是奥尔兰多坐在他那当皇帝的叔父的右边座位上，随后来了蒙多邦的里纳尔多、阿斯托尔福、巴约那的安焦利诺、诺曼底的利卡尔多和其他的人。

阿季卢尔福坐在餐桌的另一端，仍然穿着他那件一尘不染的铠甲。他没有食欲，没有一个盛食物的胃袋，没有一张供叉子送东西进去的嘴巴，没有一条可将勃艮第出产的美酒灌进去的喉咙，他坐在餐桌边来干什么呢？尽管如此，每逢这种长达数小时的盛宴，他必定出席，从不放弃机会——他善于充分利用这些时间履行他的职责。而且，他也同其他人一样有资格在皇帝的餐桌上占一席之地。他要占据这个位子，并以他在日常其他仪式中表现出的一丝不苟的态度来认真参加宴会。

菜肴是军队里常吃的那几样：填肉馅的火鸡、烤鹅肉串、焖牛肉、牛奶乳猪、鳗鱼、鲷鱼。不等侍者送上餐具，卫士们就扑上去，用手抓取，撕扯起来，弄得胸甲上油渍斑斑，沙司汁水四处飞溅。这情景比战场上还要混乱。汤碗打翻了，烤鸡起飞，当侍者刚要撤去某一盘菜时，就会有一个贪吃鬼赶上去把残余统统收罗进自己的盘里。

相反，在阿季卢尔福所在的那一角里，一切都进行得干净、从容、井然有序，但是，他这个不吃喝的人却比桌上的其他人需要侍者们更多的照顾。第一件事情——当时桌子上胡乱堆放着脏盘子，侍者们只顾上菜而来不及换盘子，人人都怎么方便就怎么吃起来，有的人甚至把饭菜放在桌布上——阿季卢尔福不断地要求侍者们在他面前更换餐巾和餐具：大盘子、小盘子、碗碟、各种形状和大小的杯子、叉子、汤匙、小匙和刀子，刀子不锋利的不行，他对器具的清洁很苛求，只要发现一只杯子或一件餐具上有一块地方不太光洁，就要求退回去。其次，他什么都吃，每样只取一丁点儿，但他是吃的，一道菜也不漏过。比如，他切下一小片烤野猪肉，放入一只盘子里，在一只碟子里放沙司，然后用一把刀子将那片肉切成许多细条儿，再将这些肉一条一条放入另一只盘子里用沙司汁拌和，一直拌到汁水浸透为止，拌好的肉条再放到一只新的盘子里。他每隔一会儿就要唤来一名侍者，吩咐端走刚用过的盘子，换上一只干净的。他在一道菜上就这样折腾了半小时的工夫。我们且不说他怎么吃鸡、雉、鸫了，那都要整小时整小时地对付。如果不送上他指定要的某种特别的刀子，他就不动手；为了从最后一根小骨头上剥离那残留的极细的一丝肉，他多次叫人换刀。他也喝酒，他不断地倒酒，把各种酒分装在他面前的许多高脚酒杯和小玻璃杯里，在银杯里将两种酒掺兑好，不时将杯子递给侍者，让他拿走并换上新杯子。他用掉大量的面包：他不断地将面包心搓成一些大小相同的小圆球，在桌布上排成整齐的队列；他把面包皮捏成碎渣，用面包渣堆起一些小小的金字塔。不到他玩腻时他不会叫仆役们用笤帚打扫桌布。扫完之后他又重新开始。

他做着这些事情的同时,不放过餐桌上的任何话题,总是及时地插话。

卫士们在宴席上说些什么呢?同平时一样,自吹自擂。

奥尔兰多说:"我说呀,阿斯普洛山那一仗开头打得不好,就是在我与阿戈兰特国王短兵相接、将他击败并夺得他的杜林达纳宝剑之前。当我一刀砍断他的右臂时,他的手掌还死死地握在杜林达纳剑柄上,攥得那样紧,我只得用钳子把它扳下来。"

阿季卢尔福说:"我不想伤你的面子,但是准确的说法应该是,在阿斯普洛山战役之后第五天举行的停战谈判会上,敌人交出了杜林达纳宝剑。它被列入根据停战协议敌方应当交出的轻便武器的清单之中。"

里纳尔多说:"无论如何不能与富斯贝尔塔之战相提并论。翻越比利牛斯山时,我遇上了那条龙,我将它一刀斩成两段。你们知道,龙皮比金刚石还硬啊。"

阿季卢尔福插嘴："这样吧，我们把事情的顺序理清楚。经过比利牛斯山的时候是四月份，谁都知道，在四月份龙蜕皮，变得像新生婴儿那么柔软细嫩。"

卫士们说："可是，是那一天还是另外一天，不是在那里就是在另一个地方，总之，有过这么一回事儿，不要在鸡蛋里挑骨头嘛……"

他们很厌烦。那个阿季卢尔福总是把什么都记得清清楚楚，对于每一件事情他都能说得有根有据，当一桩业绩已经名扬天下，被所有的人接受，连没有亲眼见过的人也能从头至尾原原本本地讲清楚时，他却要把它简化成一件普通的例行公事，就像上交团指挥部的每日简报上所写的东西那样枯燥无味。从古至今，在战争中发生的真事与后来人们的传说之间总是存在一定的差距，而在军人的一生之中，某些事情发生过与否是无关紧要的。有你的人品在，有你的力量在，有你的一贯作为在，可以保证如果事情的点点滴滴不完全是这样，但是同样能够做到是这样，也可能有一次与之相似的经历。而像阿季卢尔福这样的人，不论事情的虚实如何，他本人没有任何可以为自己的行为担保的东西，他所做的事情存在于每天的记录之中，存在于档案里，而他自己是一个无物的空洞，是可怖的一团漆黑。他想使同事们也变成这样，把他们的吹嘘像海绵里的水一样挤干。他们是讲故事的能手，他们替过去做出种种设计，而从不设想现在应当如何，他们替这个人、那个人编造传奇之后，总会找到自己想扮演的角色。

有时候有人会请查理大帝做证人。但是皇帝参加过无数次战争，总是将许多战争互相混淆，他甚至记不清目前正在打的是一场什么仗。他的使命就是打仗，打仗比思考、比战后发生的事情都重要。仗打完就过去了，至于人们的传说，历史学家和说书人自然知道应当去伪存真。如果皇帝应当跟在人们的屁股后面去进行修正，岂不太麻烦。只有发生了一些影响到军队建制、晋级、封爵和赐地的纠纷的时候，皇帝才应当说出自己的主张。他的意见只是说说而已，大家明白，查理大帝的个人意志无足轻重。必须考虑调查结果，依靠已掌握的证据下判断，并使之符合法律和习俗。因此，当有人向他质疑时，他就耸耸肩膀，泛泛而论，有时候他想摆脱某人，就说："可不！谁知道哩！战时误传多得很呀。"说罢一走了事。

阿季卢尔福的手不停地搓面包心，嘴不断地将别人提到的事件一一否定掉，虽然有些人说法欠准确，但这些都是法兰克军队引以为荣的事情。查理大帝真想给这名圭尔迪韦尔尼家的骑士派份苦差事干，可是有人告诉皇上，最繁重的活却是骑士渴望得到的尽忠尽职的考验，因而他不会觉得是吃苦头。

"我不明白你为什么把事情的细枝末节看得很重，阿季卢尔福，"乌利维耶里说，"我们的事业在老百姓的流传中总是被夸大一些，这是真心实意的称颂，我们荣获的爵位和军衔都是以此为依据的。"

"我的可不是这样！"阿季卢尔福反驳道，"我的军阶和爵位都是凭战功获得的，我立下的功勋均经过严格核实，并有无懈可击的文字材料证明！"

"有折扣吧！"一个声音在说。

"谁这么说，请讲明理由！"阿季卢尔福说着嗖的一下站起身来。

"冷静一点，别激动。"旁边的人对他说，"你总是非议别人的事情，你不能禁止别人挑剔你的事情……"

"我不得罪任何人，我只是就事论事，只是想弄清楚事情发生的时间、地点，而且证据确凿！"

"刚才是我说的。我也想说得更具体一些。"一名年轻的武士站起来，只见他脸色苍白。

"托里斯蒙多，我倒要看看你在我的履历中挑到什么可以否定的东西了。"阿季卢尔福向青年说道。那位正是托里斯蒙多·迪·康沃尔。"比方说，也许你想否定我获得骑士称号的原因，确切地说，那是因为十五年前，我救了苏格兰国王的女儿，处女索弗罗妮亚，使她免遭两名土匪的奸污。对吗？"

"不对，我否定这件事。十五年前，苏格兰国王的女儿索弗罗妮亚并非处女。"一阵喊喊喳喳的议论声沿餐桌的四边响起。"当时实行的骑士制度的法典规定，救一名贵族少女脱险并使其贞操得以保全者，立即授予骑士称号；而救出一名已非处女的贵妇人使其免遭强奸者，只给予一次提名表扬和三个月双饷。"

"你怎么能这样认为？这不仅是对我的骑士尊严的一

次侮辱,而且是对我剑下保护的一名贵妇人的侮辱。"

"我坚持己见。"

"证据何在?"

"索弗罗妮亚是我的母亲!"

大呼小叫的惊叹声从在座的卫士们嘴里迸发出来。那么托里斯蒙多这个小伙子不是康沃尔公爵家的儿子?

"不错,我是二十年前由索弗罗妮亚生的,当时她十三岁。"托里斯蒙多解释,"这是苏格兰王室的徽章。"他从胸前掏出一枚用金链子挂着的印章。

查理大帝在此之前一直将脸和胡须伏在一盘河虾之上,他觉得抬头的时机到了。"年轻的骑士,"他说话了,从声音里透露出至高无上的帝王的威严,"您知道您的话的严重性吗?"

"完全知道,"托里斯蒙多说,"这对我本人比其他人更为重要。"

四周悄然无声。托里斯蒙多否认他的康沃尔公爵府的血统,他正是作为该家族的子弟,取得了骑士封号。声称自己是一个非婚私生子,虽然出自一名皇家公主,他也将被驱逐出军队。

但是，对于阿季卢尔福来说，不啻是抛出了最大的一笔赌注。在路遇险遭匪徒伤害的索弗罗妮亚并拔刀相助、保护了她的贞洁之前，他是一名身穿甲胄的武艺人，四处漂泊，既无姓名也无封号。还是当一副里面没有武士的空的白铠甲更好（他早就明白了这一点）。他因为护卫索弗罗妮亚立功而取得了当骑士的资格。那时上塞林皮亚骑士的位置空缺，他便得到这个封号。他的参军和后来的一切身份、军衔、称号都是继这个偶然事件之后产生的。倘若证明他所救的索弗罗妮亚不是处女，他的骑士身份也将烟消云散，他后来的一切作为都将被否定，将统统失效，一切称号、爵位都将被废止。因而他的任何职权就将同他本人一样不复存在了。

"我的母亲怀上我的时候，还是一个小女孩，"托里斯蒙多述说，"由于惧怕父母得知此事后生气，她逃出苏格兰王宫的城堡，在高原上流浪。她在荒野里生下我，抱着我在英格兰的田野上和森林中漂泊无定，直到我五岁那年。这些早年记忆中的生活是我一生之中最美好的日子，它被外来的干扰打断了。我记得那一天，母亲让我看守我们居住的山洞，而她像平时一样出去偷庄园里的水果。她在路上遇见两名土匪，他们想奸污她。也许他们之间可能产生友谊：我的母亲时常抱怨她的孤独。但是，这副寻求发迹的空铠甲到来，击退了匪徒。我母亲的王室出身被认出，他将她置于自己的保护之下，把她送进附近的一座城堡里，那就是康沃尔的城堡，把她托付给公爵家。我母亲在适当时机向公爵说出了她被迫遗弃的儿子住在何处。我被举着火把的仆人们找到并被带进城堡。为了顾全与康沃尔家族有着亲戚关系的苏格兰王室的名誉，我被公爵和公爵夫人收养并立为子嗣。像一切贵族子弟的命运一样，我的生活受到许多强行限制，变得烦闷而沉重。他们不允许我再见我的母亲，她在一座遥远的修道院里隐修。假象一直如同一座大山压在我的身上，扭曲了我的生命的自然进程。现在我终于说出了真情。我觉得，无论产生什么后果，也将强似我目前的处境。"

此时甜食端上了桌面，是一种西班牙式的彩色分层面包。但是人们都被这一连串意想不到的事情所惊骇，没有一个人举叉去触动点心，没有一张嘴开口说话。

"您呢，关于这个故事您有什么要说的吗？"查理大帝问阿季卢尔福。在座者都听出他没有称之为骑士。

"纯属谣言。索弗罗妮亚是少女。她是我寄托姓氏和名誉的纯洁的鲜花。"

"您能证明吗？"

"我将寻找索弗罗妮亚。"

"您想在十五年之后找到的她能同从前一样吗？"阿斯托尔福不怀好意地说道，"我们的铁打的铠甲也穿不了这么久哇。"

"我将她托付给那虔诚的一家人后，她立即戴上了修女的面纱。"

"在十五年之内，世事沉浮，基督教修道院屡遭抢劫，人员失散流亡，没有哪一处能够幸免于难，修女们还俗和再修道的机会至少有四五成之多……"

"无论如何，破贞操必有施暴者。我要找到他，让他来证实在哪一天之前索弗罗妮亚可以被认为是处女。"

"如果您愿意，我允许您立即出发，"皇帝说道，"朕料想您此刻心中定是除了被否定的姓名和佩带武器的权利之外别无他虑了。假如这个青年说的是真话，我就不能留您在军队中服务，而且在任何事情上都不能再考虑您，即便是您负债，连欠款也不能再向您要了。"查理大帝情不自禁地在话里表现出明显的扬扬自得的情绪，好像在说："你们看，我们这不是找到了摆脱这个讨厌家伙的办法了吗？"

白色铠甲这时走上前来，一时显得比任何时候都更加空虚。他发出的声音小得刚刚能让人听见："是，陛下，我马上就走。"

"您呢？"查理大帝转脸向托里斯蒙多，"说明自己是非婚生之后，您就不能再领受原来由于出身而授予您的爵位了。您考虑过吗？您至少知道谁是您的父亲吧？您希望他承认您吗？"

"我永远不会被他承认……"

"话不能这么说呀。每个人，年纪大了之后，就想将一生的欠债还清。我也承认了情妇们生的所有的孩子，他们为数不少，当然其中有的也可能并不是我的。"

"我的父亲不是一个人。"

"谁也不是吗?是撒旦?"

"不,陛下。"托里斯蒙多平静地说。

"那么,他是谁?"

托里斯蒙多走到大厅的中心处,单膝跪地,抬头望天,说道:"是神圣的圣杯骑士团[1]。"

餐桌上掠过一阵低语。有的卫士在胸前画十字。

"我的母亲曾经是一个大胆的女孩。"托里斯蒙多解释,"她经常跑进城堡周围的森林深处。一天,在密林中,她遇见了圣杯骑士们,他们弃绝尘世,在那里风餐露宿,以磨砺精神。女孩子开始同这些武士交往。从那天以后,只要躲过家里人的监视,她就到他们的营地去,然而,这种少男少女之间往来的时间不久,她就怀孕了。"

查理大帝沉思片刻,然后说:"保卫圣杯的骑士人人都许过禁欲的誓愿,他们之中谁也不能认你为子。"

"我也不想这样,"托里斯蒙多说,"我的母亲从来没

---

[1] 传说中护卫装有基督之血的圣杯的宗教武装。

有对我特别地谈过某个骑士,而是教育我要像对父亲一样来尊敬整个圣团。"

"那么,"查理大帝插话,"骑士团作为一个整体与这类誓愿没有关系,因此没有什么戒律可以禁止圣团承认自己是某个人的父亲。如果你能到圣杯骑士们那里去,让他们集体承认你是圣团的儿子,你在军队中享有的一切权利,由于圣团的特权,将无异于你做一个贵族公子时所享有过的那些。"

"我一定前往。"托里斯蒙多说。

在法兰克军营里,当天晚上成了离别之夜。阿季卢尔福仔细地准备好自己的武器和马匹,马夫古尔杜鲁胡乱地往行囊里塞进马刷、被褥、锅碗,将东西捆成很大的一包,行走时妨碍他看路。他走在主人的后头,他的坐骑一边跑一边往下掉东西。

除了一些穷苦的仆役、小马倌和铁匠之外,没有卫士来为阿季卢尔福送行,倒是他们不那么势利眼,他们知道这是一名最令人讨厌的军官,却也是比其他人更加不幸的人。卫士们借口说没有告诉他们启程的时间,便都不露面；也可以说不是借口，阿季卢尔福从走出宴会之后就没有再同任何人说过话。没有人议论他的离去。他的职务被分担，没有留下任何空缺，仿佛出于共同的默契，对于不存在的骑士的离去大家保持沉默。

唯一表现出激动不已，甚至心烦意乱的是布拉达曼泰。她跑回自己的帐篷。"快！"她唤来管家、洗碗女工、女仆，"快！"她抛甩衣服、胸甲、武器和马具，"快！"她这样扔与平日脱衣服或发脾气时不同，而是为了整理，她要清理所有的物品，离开这里。"你们替我把所有的东西打点停当，我要离开，离开，我不要在这里多留一分钟，他走了，唯有他使铠甲具有意义，唯有他才能使我的生活和我的战斗有意义，如今只剩下一群包括我在内的酒鬼和暴徒，生活成了在床铺与酒柜之间打滚，只有他懂得神秘的几何学、秩序、因果规律！"她一边这么说着一边一件件地穿上作战的铠甲、淡紫色的披风。她很快就全副披挂地坐在马鞍上了，除了只有真正的女人才具有的那种刚强的高傲，她俨然一副男子气概。她扬鞭催马，疾驰而去，踩倒了栅栏，踏断了帐篷的绳索，踢翻了兵器架子，很快消失在一片飞扬的尘土之中。

只有那团卷起的尘土看见朗巴尔多在徒步追赶她，并且向她大声呼唤："布拉达曼泰，你去哪里，我为你而来到这里，你却离我而去！"他用恋人特有的气恼执拗地呼喊。他想说："我在这里，年轻而多情，她为什么不喜欢我的感情，这个不理睬我、不爱我的人需要什么？难道她所需要的会比我觉得能够和应当奉献给她的还要多吗？"他在激愤之中丧失理智，从某种程度上说，他爱她也就是爱自己，爱自己就是爱她，爱他们两人可能一起拥有而现在没有的那一切。他怒火中烧，奔回自己的帐篷，准备好马匹、武器、背囊，他也出发了，因为只有在矛头交错之中看得见一副女人的芳唇的地方，他才能打好仗，一切东西、伤口、征尘、战马的鼻息，都没有那个微笑具有的芬芳。

托里斯蒙多也在这个晚上动身，他是满怀忧伤，也是满怀希望。他要重新找到那片森林，找回童年时代：潮湿幽暗的森林，母亲，山洞里的日月，密林深处父亲们的淳朴的兄弟会，他们全副武装，通身雪白，守在秘密营地的篝火旁，静默无语。在森林的最茂密处，低矮的树枝几乎碰到头盔，肥沃的土地上生着从未见过阳光的蘑菇。

查理大帝得知他们突然离去的消息之后，腿脚不太灵活地从餐桌边站起身来，向行营走去，他想起了当年阿斯托尔福、里纳尔多、圭多、塞尔瓦焦、奥尔兰多去远征，后来被诗人们编成骑士叙事体诗歌，而现在没有办法调遣那些老将了，除非有紧急军务。"远走高飞创大业，都是年轻人的事情。"查理大帝感叹。他以实干家的习惯在想，走动总归是一件好事情，然而这想法中已经带有老人既失去了以往的旧东西又无法享受未来的新东西的辛酸意味了。

08

夜晚到来,书,我开始写得更加顺畅起来。从河边传来的只有瀑布跌落的轰隆声,窗外蝙蝠无声地飞来飞去,有狗在叫,干草包里窸窣作响。也许院长嬷嬷替我选定的这项苦行还不算坏:我时常感到笔好像自动地疾行纸上,而我跟在它后面跑。我们跑向真实,笔和我从一张白纸开头就一直期待着与真实相遇,只有当我提笔之后能够将懒惰、牢骚、对被幽禁在此受苦的怨恨通通埋葬掉的时候,我才能进入真实的境界。

然后,只要有一只老鼠的跑动声(修道院的阁楼是它们的天下),只要一阵风突然吹动窗棂(每每令我分心,急忙去打开窗子),只要遇上这个故事中一段插曲的结尾和另一段开头或者仅仅是一行的起头,笔就会重新变得沉重如铅,向真实的行进变得步子不稳了。

现在我应当描述阿季卢尔福和他的马夫旅途中的所经

之地了,必须在这一页纸上将它们都写进来。尘土飞扬的大道、河流、桥梁,阿季卢尔福来了,骑着他的那匹马轻快地走上桥,"笃——笃——笃"蹄声清脆,大概由于骑士没有躯体,马行千里而不觉乏,而主人是永不知疲倦的。现在,桥面上传出沉重的马蹄声响,砰砰砰!是古尔杜鲁搂着马脖子往前走,两个脑袋靠得那么近,不知是马用马夫的脑袋想事还是马夫用马的脑袋思考。我在纸上画出一条直线,每隔一段拐个弯,这是阿季卢尔福走过的路线。另一条歪歪斜斜、纵横交叉的线是古尔杜鲁走过的路。每当他看见一只蝴蝶飞舞,就立即骑马追逐,他以为自己不是骑在马身上而是坐在蝴蝶背上了,于是离开道路,在草地上乱窜。与此同时,阿季卢尔福在向前走,笔直地继续走他的路。古尔杜鲁的路线与一些看不见的捷径(或许是马自个儿选择了条条小路走,因为马夫不给它指引道路)联结起来,转了许多圈之后,这个流浪者又回到走在大路上的主人身边。

在这河岸边我画一座磨房。阿季卢尔福停下来问路。磨房女主人礼貌周全地回答他,并给他端上酒和面包,可是他谢绝了,只接受了喂马的草料。一路上风尘扑面,骄阳灼人;好心的磨房工人们很惊奇这名骑士竟然不渴。

当他重新上路时,古尔杜鲁到了,马蹄声震响,好像有一团人马来临:"你们看见主人了吗?"

"谁是你的主人呀?"

"一名骑士……不对,一匹马?……"

"你伺候一匹马……"

"不……是我的马伺候一匹马……"

"骑那匹马的是什么人呢?"

"呃……不知道。"

"谁骑在你的马上?"

"唉!你们去问他好啦!"

"你也不要吃不要喝吗?"

"要的!要的!吃!喝!"他狼吞虎咽起来。

我现在画的是一座被高墙围起来的城市。阿季卢尔福应当穿过这座城。守城门的卫兵们要求他露出面容。他们奉上司之命,不能放任何蒙面人过关,因为在郊外有一个打家劫舍的凶恶强盗。阿季卢尔福拒绝,同卫兵们兵戎相见，强行通过，然后迅速离开。

我正在画的是城外的一片树林。阿季卢尔福在林子的前后左右搜寻，直到捉住那个强盗。他缴下强盗的凶器，用链子铐住他，押到那些不肯放他过路的无能的卫兵面前："我把这个吓得你们要死的人替你们捉来了！"

"啊，感谢你，白甲骑士！可是请你说出你的姓名，还有为什么紧盖着头盔上的面罩。"

"我的名字在我的旅途的终点。"阿季卢尔福说完就跑开了。

在这城里，有人说他是一位大天使，有人说他是炼狱里的幽灵。

"他的马跑起来很轻快，"有一个人说，"好像马背上没有人一样。"

在树林的尽头，有另外一条道路经过这里，也与城市相通。这就是布拉达曼泰走过的路。她对城里的人们说："我找一个穿白色铠甲的骑士。我知道他在这里。"

"不，不在了。"人们回答她。

"既然是不存在，那正是他。"

"那么你去他在的地方找他吧。他从这里跑开了。"

"你们当真看见他了？一件白色铠甲，里面好像是一个男人……"

"他不是一个男人是什么？"

"一个超过任何其他男子汉的人！"

"我觉得你们搞恶作剧。"一个老人说，"你也在捉弄人，娇声细气的骑士呀！"

布拉达曼泰策马离开。

不久之后，在这城市的广场上，朗巴尔多勒住马头："你们看见一个骑士走过吗？"

"哪一个呀？两个走过去了，你是第三个。"

"那个跟在另一个后头的。"

"有个真的不是男人吗？"

"第二个是女人。"

"第一个呢？"

"什么也不是。"

"你呢？"

"我？我……是一个男人。"

"上帝万岁!"

阿季卢尔福骑着马在前面走,古尔杜鲁在后面相随。路上跑来一个年轻的女子,头发散乱,衣衫撕破,双膝跪倒在他们面前。阿季卢尔福停住马。"救命呀,高贵的骑士,"她哀哀求告,"在五百步之外有群恶熊围困住我的女主人的城堡,她是高贵的寡妇普丽希拉。在城堡里住的只是几个柔弱无力的妇女。谁都进不去也出不来了。我是让人用绳子从城墙的垛口里吊下来的,上帝显灵,让我从那些猛兽的爪子下逃出来了。骑士呀,请快来解救我们吧。"

"我的宝剑随时替寡妇和弱小者效劳。"阿季卢尔福说,"古尔杜鲁,你把这年轻女子扶上马,让她带领我们去她的女主人家的城堡。"

他们沿着一条山间小路走去。马夫走在前头,但他根本不看路,被他用双手搂住的年轻女子的胸脯上尽是衣衫碎片,露出粉红的肌肤,古尔杜鲁为之心荡神驰。

那女子掉头去看阿季卢尔福。"你的主人举止多么高贵!"她说道。

"唔,唔。"古尔杜鲁答应着,将一只手伸进那温暖的胸脯里。

"他的言语和举动都是这样稳重而高贵……"那女子说着,用眼睛不停地打量阿季卢尔福。

"唔。"古尔杜鲁用两只手动起来,把缰绳套到了手腕上,他弄不明白一个人怎么能同时生得这么结实而又这么柔软。

"他的声音,"她说,"清脆,像金属一样……"

从古尔杜鲁的嘴里只是发出一些含糊的哼哼唧唧的声音,因为他把嘴也伸进了女人的脖颈与肩胛里,陶醉于温馨之中。

"真不知道我的女主人被他解救之后将是多么幸运……啊,我真嫉妒她……你可说话呀。我们走偏了路啦!怎么啦,马夫,你的魂儿飞走了?"

在小路的一个拐弯处,一名隐士伸出乞食的碗。阿季卢尔福每遇乞丐总是固定不变地给三个小钱,他停住马,从钱袋里掏钱。

"谢谢您,骑士。"隐士说着将钱袋装进衣兜里,并做手势要他弯下腰,以便凑近他的耳朵说话,"作为对您的报答，我这就告诉您：小心寡妇普丽希拉！那些狗熊是一个花招，是她自己豢养的，为的是引诱从大路上经过的最勇敢的骑士们去解救，把他们招引进城堡，去满足她那永不餍足的淫欲。"

"事情定如您之所言，兄弟。"阿季卢尔福回答，"但是，身为一名骑士，我不理睬一个妇女眼泪汪汪的求救是不礼貌的。"

"您不害怕那纵欲的邪火吗？"

阿季卢尔福有些语塞："但是，先看看吧……"

"您知道一个骑士在这城堡里住一夜之后会变成什么模样吗？"

"什么？"

"就像您面前的我。我也曾经是骑士，我也曾经从狗熊的围困中救出普丽希拉，而现在我落得这样的下场。"真可怜，他骨瘦如柴。

"我将珍惜您的经验，兄弟，但是我会经受住考验。"阿季卢尔福扬鞭向前行，赶上了古尔杜鲁和那个女仆。

"我真不明白这些隐士总是嚼什么舌头，"那个姑娘对骑士说，"无论在哪种教徒和不信教的人当中都没有这么多的闲言碎语和造谣中伤。"

"这附近有很多隐士吗？"

"挤满了。不断有新的来。"

"我不会变成他们那样。"阿季卢尔福说道，"我们快走吧。"

"我害怕听见熊吼叫，"女仆尖声叫道，"我害怕！你们让我下去。躲在这篱笆后面吧。"

阿季卢尔福冲进那块矗立着城堡的平地。四周全是黑压压的狗熊。它们看见马和骑士就龇牙咧嘴，一层一层地聚拢过来，挡住去路。阿季卢尔福抡起长矛就刺。有的熊被刺死，有的被击昏，有的被扎伤。古尔杜鲁骑着马赶来用梭镖助战。在十分钟之内，那些还没有像许多块地毯一般躺倒的熊就退入树林深处，躲藏起来。

城堡的大门敞开了。"高贵的骑士，我的款待能报偿我欠您的恩情吗？"普丽希拉被一群妇人和女仆们簇拥着出现在门口。（其中有带领他们至此的那个年轻女子，身上穿的不再是原来那套破烂衣服，而是一件干净、漂亮的罩衫，不知她如何早已进了家门。）

阿季卢尔福由古尔杜鲁跟随着进入城堡。寡妇普丽希拉生得既不高大也不丰腴，但是浓妆艳抹，不宽的胸脯袒露得相当多，黑眼睛熠熠发亮，总的说来，是一个略有几分姿色的妇人。她站在那里，面对着阿季卢尔福的白色铠甲，喜形于色。骑士做出矜持的姿态，但他是胆怯的。

"圭尔迪韦尔尼家族的阿季卢尔福·埃莫·贝尔特朗迪诺骑士，"普丽希拉说，"我已经知道了您的姓名，我很清楚您是什么人和不是什么人。"

听了这两句话，他仿佛摆脱了拘束，不再怯生生的了，表现出足够的风度。他不仅仅躬身施礼，并且单膝下跪，说道："您的仆人。"然后倏地站起身来。

"我多次听人谈论过您，"普丽希拉说，"我早就盼望见到您。是什么奇迹把您引到这条偏僻的道路上来啦？"

"我在旅行，为的是赶在为时太晚之前，"阿季卢尔福说，"查证十五年前一个少女的童贞。"

"我从未听说过骑士事业有一个如此缥缈难寻的目标。"普丽希拉说道，"可是既然十五年都过去了，我不妨冒昧再耽误您一夜，请您留在我的城堡里做客。"她走过来与他并肩而立。

其余的女人一直用眼睛盯住他看个没完没了，直到他同城堡女主人一起走进客厅。于是她们转向古尔杜鲁。

"哟，马夫长得多么壮实！"她们拍手称赞。他像一个傻子一样站在那里，直往身上挠痒。"可惜他身上有跳蚤，臭味儿太重！"她们议论，"来，快来，我们替他洗一洗！"随即把他带到她们的住处，将他身上的衣服剥光。

普丽希拉把阿季卢尔福引至一张为两人就餐而准备好的桌前。"我知道您一向节制克己，骑士，"她对他说，"但是如果不邀请您坐到饭桌前来的话，我就不知道如何开始招待您了。当然，"她又狡黠地添上一句，"我向您表示感谢的方式不仅止于此。"

阿季卢尔福道谢，在女主人的对面坐下，用手指搓捻起面包渣来，一声不吭地坐了一会儿，然后清清嗓子，开始东拉西扯地聊起来。

"夫人，一个游侠骑士命中注定要碰上的机遇，真是奇怪而美妙。它们可以分为各种类型。首先……"他就这样说开了，态度和蔼亲切，语言条理清晰，显得见多识广，有时说着说着就露出讨人嫌的烦琐的老毛病，但是他立即用转换话题的方式自觉地纠正，他在严肃的谈论中插进幽默的语句和总是善意的玩笑，对于涉及的人和事给予既不过分褒奖也不过分贬抑的评价，总是给交谈的对方留下发表见解的余地，主动为她提供发言的机会，用客气的提问来鼓励她说话。

"您是多么有趣的谈话对手。"普丽希拉说，她感到很惬意。

就像他开始说话那样突然，阿季卢尔福一下子陷入了沉默。

"是开始演唱的时候了。"普丽希拉说着就击掌。几个女琴师抱着诗琴走进厅里。其中一个唱起一支名叫《喜鹊将采玫瑰花》的歌；后来又唱了另一支《茉莉花，请使美丽的枕头变得更漂亮》。

阿季卢尔福说了一些夸奖音乐与歌喉的话。

一队少女进来献舞。她们身穿轻柔的长裙，头戴花环。阿季卢尔福伴随着舞蹈动作，用他的铁手套在桌面上敲打着节拍。

陪伴寡妇的妇女们住在城堡的另一侧，在那里人们蹦跳得更加热闹。年轻的女人们半裸着身体玩球，并让古尔杜鲁也参加她们的游戏。马夫也穿一件女人们借给他的紧身长衫，他不站在自己的位置上等别人传球给他，而是在女人的后面追赶，竭力将球抢到手。他将身体重重地朝这个或那个女人身上扑过去，在这种扭打厮混中他常常被一种别的欲念主宰，竟搂着女人往房间四周排放着的一些柔软的床上去滚动。

"啊，你干什么？不行，不行，蠢驴！哎呀，你们看他在对我干什么，不行，我要玩球；哟！哟！哟！"

古尔杜鲁什么话也听不进去了。在她们给他洗温水澡时，香气、雪白与粉红的肌肤已令他神魂颠倒了，现在他唯一的欲念就是要使自己融化进那一片芬芳之中。

"哟，哟，又来这儿，我的妈呀，你听我说，哎唷……"

其他的人好像什么事也没有发生似的玩着球，嬉笑歌唱："飞呀，飞呀，月亮向上飞……"

被古尔杜鲁拖走的那个女人,在一阵长久的喊叫之后,脸色略显慌张,微微喘息着回到同伴之中,笑着,拍手叫道:"来,来,给我!"重新加入游戏中。

没过多久,古尔杜鲁又把另一个女人揽在怀里。"放开,笨蛋,真讨厌,太性急,不行,你把我弄痛了……"她顺从了。

另一些妇人和少女没有参加游戏,坐在长凳上闲聊。"……因为菲洛梅娜嫉妒克拉拉,你们知道的,可是……"有人觉得腰被古尔杜鲁揽住了,"哟,真吓人!……可是,我说过的,维利吉尔莫认为他同埃乌菲米亚……你把我带到哪儿去呀……?"古尔杜鲁把她扛在肩上。"……你们听明白了吗?那个蠢女人这时还像平素那样吃醋……"那女人趴在古尔杜鲁的背上,喋喋不休地饶舌,还不停地指手画脚,后来被背走了。

不久之后,她回来了,蓬头散发,一条背带被扯断了,又坐回原地,没完没了地说开了:"我告诉你们,真是这样,菲洛梅娜同克拉拉大闹一场,而那男人却……"

这时,舞女和琴师退出餐厅,阿季卢尔福给城堡女主人开列了一长串查理大帝的乐师们最常演奏的乐曲的名称。

"天黑了。"普丽希拉朝窗外望去。

"黑夜,夜深了。"阿季卢尔福附和道。

"我给您预备的房间……"

"谢谢。您听听花园里夜莺的叫声。"

"我给您预备的房间……是我的那间……"

"您待客真是殷勤周到……夜莺在那棵橡树上鸣唱。我们走到窗边听听。"

他起身,将一只铁臂膀搭在她的肩上,走向窗台,夜莺的歌声使他记起一系列有关的诗句和神话。

但是普丽希拉很干脆地打断他:"总之,夜莺是为爱情而歌唱,而我们……"

"啊!爱情!"阿季卢尔福猛然提高声音感叹起来,那腔调过于生硬,把普丽希拉吓一跳。而他,又从头开始侃侃而谈,发表起关于爱情的长篇演说,普丽希拉激动得瘫软如泥,依靠在他的手臂上,把他推进了一个房间,里面醒目地摆着一张挂有帐幔的大床。"古人们,由于把爱情视为一位神明……"阿季卢尔福仍然滔滔不绝地说着。

普丽希拉用钥匙在锁孔里转了两圈,把门锁好,朝他凑过身来,将头埋在他的胸甲上说道:"我有点冷,壁炉的火熄了……"

"古人们的看法,"阿季卢尔福说道,"关于究竟在冷的房间里还是在热的房间里做爱更好,是有过争论的,但多数人认为……"

"噢,您关于爱情无所不知……"普丽希拉喃喃低语。

"多数人的看法,虽然排除热的环境,却赞成适度的自然的温暖……"

"我应当叫女仆们生火吗?"

"我自己来生。"他审视壁炉里堆着的木柴,夸奖这块或那块没有燃尽的木头,列举出各种在室外或在背风处点火的方法,普丽希拉的一声叹息打断了他的议论。正如他所打算的那样,这些新的话题正起着分散和平息她那已经急不可耐的情欲的作用。他赶紧又扯到关于用火来代表、比喻和暗示热烈的感情之上去。

普丽希拉现在微笑了,双目微合,将手伸向开始噼噼啪啪燃烧起来的炉火上,说道:"这么暖和……在毯子里享受这温暖该是多么甜蜜,躺着……"

提起床铺,又促使阿季卢尔福谈出一套新的见解。他认为,法兰克的女佣不懂得铺床的深奥艺术,在最高贵的宫殿里也只能睡上垫得很不舒服的床铺。

"啊,您告诉我,我的床铺也是……?"寡妇问。

"您的床肯定是一张皇后的床,超过王国领土上的任何其他的床。但是,请允许我这么说,我的愿望是看见您只是为配得上您的十全十美的东西所环绕,这使我对这条褶皱深感不安……"

"啊,这条褶皱!"普丽希拉惊叫,她也已经为阿季卢尔福告诉她的那种完美而担忧了。

他们一层一层地掀开床垫,寻找和抱怨一些小小的凹凸不平、褶子太紧或太松之处,这种挑剔有时变成了一种如针刺般的痛心,有时又让他们扬扬得意、飘飘然起来。

阿季卢尔福将床上的东西从床单到床垫全部翻倒之后,开始按顺序重新整理。这成了一件极其精细的活儿:不能随便放置任何东西,干活时必须小心翼翼。他一边做一边解释给寡妇听。但是，不时会出现一点什么他不满意的东西，那么他又从头干起。

从城堡的另一侧响起一声叫喊，甚至是怒吼或怪叫，令人难以忍受。

"出了什么事情啦？"普丽希拉惊惶不安。

"没什么，这是我的马夫的声音。"他回答。

在这怪叫声中还夹杂着另一些更尖厉的声音，好像尖细的喘息飞上了星空。

"现在这是些什么？"阿季卢尔福问。

"嗯，是姑娘们，"普丽希拉说，"她们闹着玩……当然啦，青春年少嘛。"

他们继续铺床，时时听见夜空中传来的喧闹声。

"古尔杜鲁在叫嚷……"

"这些女人叫得真凶……"

"夜莺……"

"蟋蟀……"

床已铺好，没有丝毫不妥之处。阿季卢尔福转身面向寡妇，只见她一丝不挂。衣服已悄然褪落到地面上了。

"谨向裸体贵妇建议,"阿季卢尔福直截了当地说,"作为情绪最激动的表现,拥抱一个穿着铠甲的武士。"

"好样的,你倒来教我!"普丽希拉说,"我可不是昨日刚出生的!"她说着,跃身向上,攀住阿季卢尔福,用腿和臂紧紧搂住他的铠甲。

她尝试用各种姿势去拥抱一件铠甲,后来软绵绵地倒在床上。

阿季卢尔福跪在床头。"头发。"他说。

普丽希拉脱除衣饰时,没有拆散她的栗色头发盘起的高高的发髻。阿季卢尔福开始说明散开的头发在感觉的传导上所起的作用。"我们来试一试。"

他用那双铁手的准确而灵巧的动作,拆散了她那座辫子筑起的城堡,让头发披散在胸前和背后。

"可是,"他又说道,"有的男人很调皮,喜欢看女人赤裸身体,而头上不仅编好发辫,还披上纱巾和戴头饰。"

"我们试一下吗?"

"我来替您梳头。"他替她梳妆起来,给她编辫子,把辫子盘起来,用发卡在头上固定,动作熟练。最后,用纱巾和宝石项链做成一件华丽的头饰。这样花去一小时。当他把镜子递给普丽希拉时，她看见自己从来没有这般艳丽动人。

她邀请他在自己身边躺下。"人们说，"他对她说，"克莱奥帕特拉夜夜都在梦想同一个穿铠甲的武士上床。"

"我从来没有体验过，"她说出实话，"他们一个个很早就脱光了。"

"好，现在您来尝试一下。"他缓慢地动作，没有弄皱床单，全副武装地爬上了床，端端正正地平躺着，那模样同躺在棺材里毫无二致。

"您不把剑从腰带上解下来吗？"

"爱情不走中间道路。"

普丽希拉闭上眼睛，作陶醉状。

阿季卢尔福用一只胳膊支撑起上身："火在冒烟。我去看为什么壁炉不导烟。"

窗外明月当空。阿季卢尔福从壁炉向床边走去，他在中间停步了："夫人，我们上城墙上去欣赏这深夜的月光吧。"

他把她裹进自己的披风里。他们偎依着登上城墙上的钟楼。月光将树林染成银灰色。昆虫在鸣唱。城堡里有些窗子里依然灯火通明，从那里时时传来尖叫、欢笑、呻吟的声音，还有马夫的吼叫声。

"世界充满爱情……"

他们回到卧室。壁炉里的火几乎燃尽了。他们蹲下来吹炭火。两人紧紧地挨靠在一起，普丽希拉粉嫩的膝盖在他那金属的膝上轻轻地蹭来蹭去，产生出一种极单纯的异样的亲密感。

当普丽希拉重新上床躺下时，窗子已被晨曦照亮。"任何东西都不如黎明时分初现曙光能美化女人的容颜。"阿季卢尔福说，可是为了让夫人的脸处于最佳位置承受光线的照射，他不得不挪动床铺和帐幔。

"现在我怎么样？"寡妇问道。

"美极了。"

普丽希拉很快活。可是太阳上升得很快，为了追随光线，阿季卢尔福应当不停地搬动床位。

"天亮了，"他的语调顿改，"骑士的职责要求我此时出发。"

"是呀!"普丽希拉呜咽起来,"正好这个时候!"

"我也深感痛苦,可爱的夫人,但是我重任在身,不敢懈怠。"

"啊,过去的时光是多么美好……"

阿季卢尔福单腿跪下:"为我祝福吧,普丽希拉。"他站起身来,立即呼唤马夫。他在城堡里转了一圈,终于找到了,马夫精疲力竭地倒在一个狗窝里,睡得如死人一般。"快!出发!"但是他只能动手把马夫扛上马背。太阳继续上升,把两个骑马者的影子投射到树林里金色的树叶上。马夫像一只晃晃荡荡的口袋,坐得笔直的骑士像一株挺拔的杨树。

妇人和女仆们将普丽希拉团团围住。

"夫人,他怎么样?他怎么样?"

"啊,这种事情,你们可不知道!一个男子汉,一个男子汉……"

"您说给我们听听,讲一讲嘛,他怎么样呀?"

"一个男子汉,一个男子汉……不眠之夜,一个天堂……"

"他做了什么？他做了什么？"

"这怎么好说呢，啊，他温顺极了……"

"这么简单吗？您多说一点……"

"现在我简直不知道怎么说了……许多事情……而你们，不也同那个马夫？……"

"是吗？什么事情也没有，我不知道，也许你知道吧？不对，是你！什么，我不记得……"

"什么？我听见你们了，我亲爱的朋友们……"

"谁知道，那可怜虫，我不记得了，我也不记得了，也许你……什么？是我？女主人，给我们讲讲他，讲讲骑士，好吗？他怎么样，阿季卢尔福？"

"啊，阿季卢尔福！"

09

我写着这本书，满纸涂鸦，茫然不知所云，一页一页地写下来，至此我才意识到这个古老的故事只是刚刚开了个头。现在才开始真正展开情节，也就是阿季卢尔福和他的马夫为寻找索弗罗妮亚的贞操证据而进行的险象环生的旅行，其中穿插交织着布拉达曼泰的跟踪，钟情的朗巴尔多对布拉达曼泰的追赶，还有托里斯蒙多寻找圣杯骑士的经历。然而，这条情节线索，在我的手指之下伸展得并不顺畅，有时松弛疲软，有时纠结壅塞，而且我一想到需要展现于纸面的还有那么多条路线，那么多艰难险阻，那么些追赶，假象加迷误，决斗及比武，我觉得头晕脑涨，一筹莫展。这种修道院文书的苦差，这种为遣词造句而搜索枯肠的苦行，这种对事物最终本质的冥思苦想，终于使我有所领悟：那种一般人——本人亦属其中——所津津乐道的东西，即每部骑士小说中必有的错综复杂的惊险故事情节，如今我认为它是一种表面装饰物，一种毫无生气的点缀，是我被罚做的功课中最费力不讨好的部分。

我真想奋笔疾书，一气呵成，在一页页纸上写尽一首骑士诗所需的拼杀和征战，然而，一旦搁笔，准备重读一遍，就发现笔墨并未在纸上留下痕迹，竟然仍是张张白纸。

为了如我所设想的那样将故事写下去，必须在这张白纸上变出峭壁突兀、沙石遍地、刺柏丛生的图景。一条羊肠小道蜿蜒伸展，我要让阿季卢尔福从这条路上走过，他挺胸端坐马鞍之上，一副雄赳赳的迎战姿态。在这一页上除了沙石地之外，还需有天穹覆盖在这块土地之上，天空低沉，天地之间只能容聒噪的乌鸦飞过。我的笔几乎划破稿纸，可要轻轻地画呀，应在草地上显示出一条蛇隐匿在青草中爬行的轨迹，荒原上应有一只野兔出没，它一会儿蹿出来，停住脚，翘起短短的胡须向四周嗅一嗅，一会儿又消失得无影无踪。

一切事物都在不知不觉地平静地运动着，外表上没有显示出任何变化，比如地球的内部在运动而凹凸不平的外壳却并无改变，因为地球的里外都只是同一种物质在流动。恰似我所书写的这种纸张，是由同一物质收缩和凝结成了不同的形状、体积和深浅略微不同的颜色，在一个平展的表面上也可能出现花斑，也可能出现像龟背上那样的现象，有的地方毛茸茸，有的地方生刺，有的地方长疙瘩，这些毛、刺、疙瘩有时移动位置，也就是在同一物质的整体分布上发生了各种不同的分配比例变化，而本质上并无任何改变。我们可以说唯一脱离了周围物质世界的是书中的阿季卢尔福，我不是说他的马、他的铠甲，而是那正骑在马上旅行的、那套在铠甲之中的独特的东西，那种对自身的担忧、焦虑。在他的周围，松球从枝头坠落，小溪从碎石中流过，鱼儿在溪水中游动，毛毛虫啃啮着树叶，乌龟用坚硬的腹部在地面上爬行，而这一切只是一种移动的假象，正如浪花中的水永远只是随波逐流而已。古尔杜鲁就正在随波逐流，这个被物质围困的囚徒，他同松果、小鱼儿、小虫子、小石子、树叶子一样沾着泥浆，纯粹是地球外壳上的一个突起的瘤子。

在这张纸上标出布拉达曼泰的路线、朗巴尔多的路线和阴郁的托里斯蒙多的路线,对于我是何等的困难!也许必须在这平坦的纸面上划出一道微微凸起的线条,这只能用别针从纸的背面划出,而这条向上凸起并向前伸延的路线一直是混合与浸润着地球上的普通泥浆,也许感情、痛苦和美正在这里面,真正的消耗和运动正在这里面。

我在白纸上开凿起山谷和沟壑,弄出褶皱和破口,当我在它们之中分辨各个骑士的旅行路线时,纸片开始被我弄碎,我如何才能将故事推向前进呢?也许画一张地图将会帮助我把故事讲得清楚一些。我在地图上标明温暖的法兰西、荒蛮的布列塔尼、泛着黑色波涛的英吉利海峡,上面是苏格兰高原,下面是比利牛斯山脉,还在异教徒手中的西班牙、蛇蝎出没的非洲。然后,用箭头、叉叉和数字标明这位或那位英雄的足迹。现在,我可以让阿季卢尔福沿着一条虽几经曲折却很快到达英国的路线前进,并让他走向那座索弗罗妮亚隐修了十五年的修道院。

他走到了,而修道院只剩下一些残垣断壁。

"您来得太晚了,高贵的骑士。"一名老人说,"这些山谷里至今仍然回荡着那些不幸女子的呼救声,一支摩尔人的海盗船队在这里靠岸,海盗们将修道院不多的财物洗劫一空,掳走全体修女,然后纵火焚烧了房屋。"

"带走了?去哪里了?"

"带到摩洛哥的市场上当女奴出卖了,我的先生。"

"在那些修女中有一个原名叫索弗罗妮亚的苏格兰国王的女儿吗?"

"噢,您说的是帕尔米拉修女!有她吗?那些恶棍一见她就立即动手把她背走了!她不算很年轻了,但依然美丽动人。我清楚地记得她被那些丑鬼抓住时曾厉声呼叫,那情景如在眼前。"

"您目睹了那场浩劫?"

"有什么法子呢,我们这些本镇的人,平时总爱坐在广场上。"

"你们没有去救援吗?"

"救谁呀?唉,我的先生,您说什么,一切发生得那么突然……我们既无人指挥,又没有经验……干好干坏难说呀,与其失败不如不干。"

"嗯,您告诉我,这个索弗罗妮亚,在修道院里恪守教规吗?"

"如今修女有各式各样的,但帕尔米拉可是全教区里最虔诚和最贞洁的了。"

"快,古尔杜鲁,我们去港口,搭船去摩洛哥。"

现在我画的这些曲线就是海水,它们代表一片汪洋大海。这会儿我画阿季卢尔福乘坐的海船,在这边我再画一头巨大的鲸,它背上挂一条写着"奥切亚诺海"[1]的纸带。这根箭头指示船的航向,我再画另一只箭头表示鲸游的方向。啊。它们相遇了。那么在大洋的深处将要发生一场鲸与船的激战了。由于我把鲸画得比船大,船将处于劣势。接着我画出许多指向四面八方的箭头,它们互相交错,意在说明在这里鲸与船进行生死搏斗。阿季卢尔福像以往一样英勇善战,他将矛头扎进鲸的侧身。一股令人作呕的鲸油洒落在他的身上,我用这些射线表示鲸油喷出。古尔杜鲁跳上鲸背,将自己的船弃置一旁。

---

1 古希腊人所说的环绕大陆的长河名叫奥切亚诺(Oceano),后用以专指大西洋。

鲸摆尾,将船打翻。身穿铁甲的阿季卢尔福只能直直地往下沉。在被海浪完全淹没之前,他大声对马夫说:"在摩洛哥见面!我走着去!"

实际上,阿季卢尔福一尺一尺地坠向海水的深处,双脚踩到了海底的沙地上,他开始稳稳当当地迈步行走,他常常遇见海妖水怪,便拔剑自卫。你们也知道什么是一件铠甲在海底里的唯一不妥之处:生锈。由于从头到脚被淋上了一层鲸油,白铠甲等于涂抹了一层防锈膏。

现在我在大洋中画一只海龟。古尔杜鲁喝下一品脱咸海水之后,才明白不是他应当把海装进身体里,而是应当把他自己置身于海里。他抓住了大海龟的壳。有时由海龟驮着他走,有时他生拉硬拽地拖着海龟前行,他靠近了非洲海岸。在这里他被撒拉逊渔民的一张渔网缠住了身子。

渔网被拖上岸,渔民们看见在一群活蹦乱跳的鲱鱼中有一个满身海藻、衣服发霉的男人。"人鱼!人鱼!"他们喊叫起来。

"什么人鱼,他是古迪·优素福!"渔民队长说,"他是古迪·优素福,我认识他!"

原来,古迪·优素福是古尔杜鲁在伊斯兰教徒军队的伙房里讨饭时被称呼的名字之一,他经常不知不觉地跨越防线,走进苏丹的营地。渔民队长曾在驻扎在西班牙的摩尔人军队里当过兵。他看中了古尔杜鲁强壮的身体和驯服的脾性,将他收留,让他替自己捡牡蛎。

一天晚上,渔民们坐在摩洛哥海岸边的沙滩上逐个地剥海蚌,古尔杜鲁也在其中,水面上冒出一绺缨络,一只头盔,一件胸甲,最后是一整件会行走的铠甲,并且一步步地走上岸来。"龙虾人!龙虾人!"渔民们惊呼,仓皇四散,躲入礁石丛中。"什么龙虾人!"古尔杜鲁说,"他是我的主人!辛苦了,骑士。您是走来的呀!"

"我根本不累,"阿季卢尔福说,"而你,在这里干什么呢?"

"我们在替苏丹找珍珠,"那名从前的士兵插话,"因为他每天晚上换一个妻子,并向她赠送一颗新的珍珠。"

苏丹有三百六十五个妻子,他每夜驾临一处,每个妻子一年之中只能得到一次宠幸。对于获宠的那一个,他习惯带去一颗珠子相赠，因此每天商贾们必须向他提供一颗崭新的珍珠。这一天，商人们的储备用完了，便来找渔民们，叫他们不惜一切代价设法找到一颗珍珠。

"您能在海底走得这么好，"前士兵对阿季卢尔福说，"为什么不来干我们这一行呢？"

"骑士不参与任何以赚钱为目的的事业，如果这项事业是由他的宗教上的敌人所经营，他更不能参加了。异教徒呀，由于您救出并收留了我的马夫，谢谢您。但是，您的苏丹今夜不能给他的第三百六十五个妻子送珍珠的事情却同我毫不相干。"

"于我们却关系重大，我们会挨鞭打的，"那渔民说，"今夜不是一次寻常的欢聚。今天轮到一个新娘，苏丹第一次去看她。她是大约一年前从一些海盗手里买来的，等到现在才轮上班。苏丹空手去看她不合情理。再说，她还是您的一个教友哩，她是苏格兰的索弗罗妮亚，有王室的血统。她被当作奴隶带到摩洛哥后，立即被送进了我们君主的后宫。"

阿季卢尔福不让别人看出他的激动。"我教给你们一个免去麻烦的办法,"他说,"让商人们建议苏丹给新娘不要带寻常的珍珠,而带一件能减轻她对遥远故土的思念的物品,这就是一套基督徒军人的铠甲。"

"我们到哪里去找这种铠甲呀?"

"我这一套嘛!"阿季卢尔福说。

索弗罗妮亚在后宫的住处等着夜晚到来。她从尖顶窗子中望着花园里的棕榈树、池塘、花坛。太阳偏西,穆安津[1]们高声呼喊,花园里夜来香花儿开放,香气袭人。

有人敲门。莫非时辰已到! 不,来的是宦官。他们送来了苏丹的礼物,一件铠甲,一件纯白的铠甲。谁知道他是什么意思。索弗罗妮亚又是孤单单一个人了,她又站到窗前。一年来她经常站在那里。当她刚被买来时,他们就派她顶替了一个遭遗弃的侍妾的空缺,是一个要在十一个月后轮上班的位子。她在后宫中无所事事,日复一日,比在修道院里更觉烦闷。

"您不要害怕,高贵的索弗罗妮亚,"一个声音在她背

---

[1] 在清真寺尖塔上报祈祷时间的人。

后响起。她转身,是铠甲在说话。"我是阿季卢尔福,曾经保护过您纯洁无瑕的贞操。"

"啊,救命!"他把苏丹的新娘吓得惊跳起来。稍后,她恢复常态:"噢,对,我方才觉得这副白色铠甲有些眼熟。许多年以前,是您及时赶到,制止了土匪对我的暴行……"

"现在我及时赶来救您逃出这耻辱的异教婚配。"

"明白了……总是您来,您是……"

"现在,在这把宝剑的庇护之下,我将护送你逃出苏丹的魔掌。"

"嗯……明白……"

宦官们前来通报苏丹即将驾到时,一个个倒毙在利剑之下。索弗罗妮亚将自己裹在一件斗篷里,依傍着骑士跑向花园。通译们发出警报。回教徒的沉重弯刀难以应付白甲武士敏捷精确的剑术。他的盾牌挡住了整整一小队士兵的长矛的进攻。古尔杜鲁牵着一匹马守候在一棵仙人掌后面接应。在港湾里,一只早已装备好的双桅小帆船立即起航,驶向基督教的国度。索弗罗妮亚站在舱面上凝视着岸边的棕榈树渐渐远去。

现在我在海面上画一只船。我把它画得比先前的那只略大一些，以便万一碰上鲸，不再发生险情。我用这条曲线表示小船的航程，我想让它直驶圣马洛港。不幸的是在比斯开湾的深处已有一团错综复杂的航线，最好将小船从稍微偏上的地方驶过，从这里往上，往上走，糟了，它撞在布列塔尼的礁石上了！船撞翻了，往下沉，阿季卢尔福和古尔杜鲁勉强将索弗罗妮亚救到岸上。

索弗罗妮亚疲乏至极。阿季卢尔福决定让她在一个山洞里藏身，自己和马夫一道返回查理大帝的营地，报告公主的贞操仍如白璧无瑕，因而他的名位应是完全合法的。现在我在布列塔尼海岸的这一处画一个大叉，作为岩洞的标记，便于以后再找到它。我不明白也从这里经过的这另一条线代表什么，在我的这张图纸上指向各个方向的线条交错纠结在一起了。哦，对了，这是托里斯蒙多的旅行路线。因此，当索弗罗妮亚躺在岩洞里时，这个心事重重的年轻人正好从这里经过。他也走进了岩洞，他走进去，看见了索弗罗妮亚。

10

托里斯蒙多是如何到达那里的呢？原来在阿季卢尔福从法国到英国，从英国到非洲，又从非洲回到布列塔尼的这段时间里，这个康沃尔公爵府的假定合法的后裔从南到北、由东至西地横穿直越，踏遍了所有基督教国家的森林，寻找圣杯骑士们的秘密宿营地。由于圣团习惯于每年换一次驻地，从不在世俗人前露面，托里斯蒙多在旅途中很久没有发现任何可供依循的迹象。他便任意流浪，以驱除心中的失落感。在他看来，落寞的感觉是与没找到圣杯骑士团相关的。他是在寻找虔诚的骑士团，还是更多地追忆在苏格兰的荒地上度过的童年呢？有时，一条长满落叶松的苍黛色的山谷豁然出现，或者一道灰色岩石峭壁横空而出，其下涌出一条泛着白色泡沫的溪水，它们使他感到一阵难以名状的激动，他认为这是一种预示。"对，他们可能在这里，就在附近。"如果在那个地区远远地响起低沉的号角声，那么托里斯蒙多就确信不疑了。他一步一步地搜索每条沟壑，找寻骑士们的足迹。但只是偶尔遇见一个惊呆的猎人或一个赶着羊群的牧民。

他来到偏僻的库瓦尔迪亚的地方，在一个村庄停步，向村民讨些鲜奶酪和黑面包。

"给您，很乐意送给您这些东西，少爷。"一个牧羊人说，"可是您看看我、我的老婆和孩子们，都瘦成骷髅一般了！要缴纳给骑士的捐献太多了！这座树林里住满了您的同行，只是穿戴得同您不一样。他们是整整一支军队，您可知道，一切供给全落到我们身上！"

"住在森林里的骑士吗？他们穿什么衣服？"

"披风是白色的，头盔是金子做的，插着两根白色的天鹅羽毛。"

"他们很虔诚吗？"

"哼，他们假装很虔诚。金钱当然不会弄脏他们的手，因为他们身无分文。但是他们有欲望，让我们来满足他们的种种要求！如今发生饥荒，我们都饿成柴火棍了。下次他们再来，我们拿什么给他们呀？"

年轻人已向森林奔跑而去。

一条溪水静静地流过草地,一群天鹅缓缓地顺水游动。托里斯蒙多紧跟着天鹅沿水边走。从树木的枝叶里传出竖琴声:"叮咚,叮咚,叮咚!"在枝叶疏朗之处出现一个人的形象,是一个戴着插白色羽毛的头盔的武士,手里拿着一杆长矛,还有一把小小的竖琴,他正一下一下地试拨那根和弦:"叮咚,叮咚,叮咚!"他不说话,眼光并不回避托里斯蒙多,但是只从他的头顶上掠过。他仿佛不理睬他,又好像在陪伴着他。当树干和灌木丛将他们隔开时,武士就用那"叮咚"的琴声呼唤他,引导他继续往前走。托里斯蒙多很想同他说话,向他打听,但却只是默默地、小心谨慎地跟着这个武士走。

他们钻进了一块林中空地。四周尽是手持长矛、身穿金甲、披白色斗篷的武士,他们直挺挺地站立着,一动不动,眼睛向空中凝视着。一个武士用玉米粒儿喂一只天鹅,眼睛却望着别处。弹琴的武士奏起一支新曲子,一个骑马的武士吹起号角应答,发出一声长长的呼唤。当号声停息时,全体武士走动起来,每人朝各自的方向前进几步，然后重新站立不动。

"骑士们……"托里斯蒙多鼓足勇气开口说道,"请原谅,也许我弄错了,你们是不是圣杯骑士……"

"永远不许说出这个名字!"一个声音从他背后插进来打断他的话。一个骑士,满头银发,站在离他不远的地方。"你打搅了我们的静默还嫌不够吗?"

"啊,请宽恕我吧!"年轻人转向他说,"同你们在一起我是这样的幸福!你们可知道我找了多久哇!"

"为什么?"

"因为……"想说出心中隐秘的冲动超过了对渎圣罪的顾虑,"……因为我是你们的儿子!"

老骑士听后仍然面无表情。"这里不认父子,"他在沉默片刻之后说,"加入圣团的人弃绝尘世间的一切亲属。"

托里斯蒙多觉得自己被遗弃了,感到很失望,他原来甚至考虑到可能从他的那些道貌岸然的父亲那里得到一个恼羞成怒的否认,而他可以提出证据加以反驳,并动之以骨肉亲情。可是这个答复是如此之平静,并不否认事实的可能性,却不容有任何讨论这个问题的余地,他泄气了。

"我只想被这个圣团承认为儿子，并无其他奢望。"他试图坚持自己的意见，"我对它怀着无限的崇敬！"

"既然你很崇敬我们的团队，"老者说道，"想必你不会没有被它吸收为成员的愿望。"

"您是说，这也是可能的吗？"托里斯蒙多惊呼，他立刻受到这个新前景的诱惑。

"如果你合格的话。"

"应当做些什么？"

"逐渐涤除一切情欲，让圣杯的仁爱主宰自己。"

"哟，您不是说到它，它的名字了吗？"

"我们骑士是可以的，你们凡夫俗子不能。"

"请告诉我，为什么在这里大家都不说话，唯有您说话呢？"

"同世俗人打交道的事情归我管。由于言语经常是不洁的，如果不是圣杯通过他们之口有话要说，骑士们宁愿戒除。"

"请告诉我，从头开始我应当做什么？"

"你看见那片枫树叶子了吗？一滴露水落在它上面了，

你站着,不要动,眼睛盯住叶子上的那滴露水,忘掉世界上的万事万物,把自己与那滴露水化为一体,直至你感到失去了自我,而充满了圣杯的无穷力量为止。"

于是他像一棵树似的立在那里。托里斯蒙多直愣愣地看着露珠,看着看着,不由自主地想起自己的心事。他看见一只蜘蛛落在枫叶上,他望望蜘蛛,再看看露水,挪动一只站得发麻的脚。唉!他厌烦了。在他身边骑士们从树林里进进出出,他们脚步缓慢,口张目睁,与天鹅相伴而行,不时抚摩天鹅柔软的羽毛。当中有一人突然张开双臂,向前奔跑几步,发出一声充满向往的叫喊。

"那边的那些人,"托里斯蒙多忍不住向又出现在他身边的老者发问,"他们在做什么?"

"神游。"老者说道,"如果你这样心猿意马和好奇心重,你将永远不能进入这种境界。那些兄弟终于达到了与万物相通之功。"

"而另外那些人呢?"年轻人问道。一些骑士一边走一边扭动腰肢,仿佛浑身都在轻轻抖动,而且嘴里嘿嘿直笑。

"他们还处于中间阶段。在感到自己与太阳和星星化为一体之前,初学者只感到附近的东西进入了自己的身体里,然而这感觉是很强烈的。这对于年轻人有一定的特殊功效。你看见的我们这些兄弟,溪水的流动,树枝的摇动,蘑菇在地下生长,都传给他们一种愉快且轻微的挠痒的感觉。"

"时间长了,他们不累吗?"

"他们慢慢进入高级阶段,那时不仅仅感觉到周围的振动,而且天体的伟大呼吸也输入体内,久而久之就失去了自我感觉。"

"大家都能这样吗?"

"只有少数人。在我们当中只有一个人能修成圆满之功,他就是特选者,圣杯王。"

他们来到一块空地上。一大批骑士在那里演练兵器,在他们前面摆设着一把带有华盖的椅子。在华盖之下好像是什么人坐着,或者说蜷缩着更恰当一些。他毫不动弹,不大像个人,更像是一具木乃伊,也穿着圣杯骑士的军服,但更加奢华。在他那枯皱得像一粒干栗子似的脸上,睁着一双眼睛,甚至是圆圆鼓鼓地瞪着。

"他还活着吗?"年轻人问。

"他活着,但已被圣杯的爱占据,他不再需要吃喝,不需要运动,没有任何需求,几乎不再呼吸。他看不见也听不见。没有人了解他的思想。那些思维一定反映了遥远的行星的运转。"

"既然他看不见,为什么还让他阅兵呢?"

"这是圣杯骑士团规定的礼仪。"

骑士们演习击剑。他们眼睛朝天,一步一跳地挥动长剑,出步沉重而突然,仿佛不知道下一步该怎么办。然而他们的一招一式却没有出错。

"他们带着那么一副半醒半睡的神态怎么能打仗呀?"

"圣杯附在我们身上挥动宝剑,宇宙之爱能变成强烈的愤怒,推动我们欣然刺死敌人。我们的团战无不胜,攻无不克,正因为我们不做任何努力和选择,只让神圣的愤怒通过我们的身体释放。"

"总是很见效吗?"

"是的,对于失去一切个人意志、只让圣杯的力量来控制他的每一细微动作的人来说，是有效的。"

"每一个细微动作吗？您现在的行走也是吗？"

老者像梦游的人一般向前行："当然。不是我在迈动我的脚，我让脚被推动着走。你试一试。大家都是从腿上开始练的。"

托里斯蒙多开始尝试，可是，首先他没有办法让腿动弹，其次他没有体验到任何感觉。这里是一座郁郁葱葱的森林，到处都有鸟雀啁啾声和翅膀扇动声，他喜欢在这里轻松地奔跑，愉快地寻找野味，以他自身、他的力量、他的劳动、他的勇气去反抗那黑暗，反抗那神秘，反抗那外在的自然界。可他却不得不站在那里，浑身战战兢兢的，像一个麻痹症患者。

"你要放松，"老者告诫他，"让周围的一切占有你。"

"可是我，说实话，"托里斯蒙多忍不住说了出来，"喜欢的是我去占有，不是被占有。"

老者举起两条胳臂交叉挡在脸上，将眼睛和耳朵一起堵住："小伙子，你要走的路还长着哩。"

托里斯蒙多留在圣杯骑士团的营地里。他努力学习和模仿他的父亲们或兄弟们（他不知道怎么称呼他们），尽量克制他认为太个人化的心理冲动，力图将自己融进那无边的圣杯之爱中。他留心在自己身上体验将那些骑士送进神游状态的每一细微的征兆，可是日子一天天过去了，而他的净化没有任何进展。一切使他们喜欢的东西都令他厌恶：那些叫喊声、那些音乐、那些准备随时发作的颤抖。尤其是同会友们不断接近后，他看见他们半裸着身子穿胸甲，肌肤白惨惨的，有些人略呈老态，年轻人显得娇嫩；又了解到他们爱发脾气，好冲动，个个都是怪吝人；青年觉得他们越来越令他反感了。他们借口是圣杯让他们行动，放纵任性，不守规矩，却一贯以纯洁自诩。

他眼望空中，不去注意别人的所作所为，很快就忘却了自我，这样的精神状态出现使他觉得难以忍受。

征收贡献物的日子到了。森林周围所有的村庄必须定期向圣杯骑士们缴纳一定数量的物品：一块块奶酪，一筐筐胡萝卜，一袋袋大麦，一只只羔羊。

一个村民代表走上前："我们想说，在整个库瓦尔迪亚地区，年成不好。我们不知道怎样养活自己的孩子。灾荒使富人同穷人一样遭到打击。虔诚的骑士们，我们哀求你们，免除这次捐贡。"

圣杯王坐在华盖之下，一如既往地一声不吭，一动不动。在某个时刻，他慢慢地松开原先交叉放在腹部上的双手，朝天举起（他的指甲特别长），嘴里嘘出："噫噫噫……"

听到这声音，骑士们一齐将矛头对准贫苦的库瓦尔迪亚人，朝他们逼近。"救命！我们要自卫！"人们怒吼，"我们去拿斧头和镰刀！"他们向四面逃散。

当天夜里，骑士们在号角和呐喊声中，两眼朝天，冲向库瓦尔迪亚的各个村庄。从一垄垄的啤酒花地里和篱笆里跳出手持干草叉子和整枝剪刀的乡民，他们奋力阻止骑士的进军。但只有少数人能够抵挡住骑士们那无情的长矛。自卫者的几条防线被摧垮，骑士们骑着沉重的战马冲向用石头、稻草和泥巴筑成的茅屋，用铁蹄将它们摧毁，对妇女、儿童的悲泣和牛犊的哀哞充耳不闻。另一些骑士举起熊熊火把，点燃房顶、干草棚、马厩、空粮仓，使村庄变成了一片片火海，不断传出撕裂人心的惨叫声。

托里斯蒙多在骑士的队伍中被推来搡去,他感到十分惊惧,"您告诉我,这是为什么啊?"他大声质问身后的老骑士,那老者作为唯一能够听他说话的人,一直跟在他身后,"这么说,你们对万物充满爱不是真的!喂,小心,你们撞倒了那位老妇人!你们怎么忍心施虐于这些无家可归的人?快抢救呀,火就要烧到那只摇篮了!你们这是在干些什么呀?"

"你不要探问圣杯的意图,见习生!"老者警告他,"不是我们在这么干,是圣杯,它附在我们身上操纵我们的行动!在它这疯狂的爱中寻找乐趣吧!"

但是,托里斯蒙多跳下马鞍,箭一般地快步跑去帮助一位母亲,将摔倒在地上的孩子送回她的怀抱。

"不行,你们不能拿走我的全部粮食!我花费了多少血汗哪!"一个老头子怒吼着。

托里斯蒙多正站在老头的身旁。"放下口袋!强盗!"他向那个骑士扑过去,夺下他的不义之财。

"愿天主赐福于你!你站在我们一边!"一些穷人对他说。他们以一堵墙作掩护,仍然用剪刀、刀子、斧子坚持自卫。

"大家排成半圆形，一齐向他们冲过去！"托里斯蒙多对他们大声喊道，他率领起库瓦尔迪亚的民兵。

他很快将骑士们从房屋里驱赶出来。迎面遇见老骑士和另外两名拿着火把的骑士。"他是叛徒，你们抓住他！"

一场大规模的激战开始。库瓦尔迪亚人用烤肉叉迎战，妇女和孩子们投掷石头。突然响起号角声。"撤退！"面对库瓦尔迪亚人的造反，骑士们从各处撤退，一直退出村庄。

那一伙紧逼着托里斯蒙多的人也退却了。"走吧，兄弟们！"老骑士大声喊，"去圣杯带领我们去的地方吧！"

"圣杯胜利了！"其余的人齐声呼喊，掉转缰绳。

"万岁！你救了我们！"村民们围到托里斯蒙多身边。

"你是骑士，却见义勇为！终于有了这样一位骑士！你留在我们这里吧！你说要什么，我们一定给你！"

"现在……我所要的……我不知道是什么了……"托里斯蒙多结结巴巴地说道。

"在这场战斗之前，我们什么也不懂，不懂得自己是人……现在觉得我们能够……我们需要……我们应当做一切……无论多么艰苦……"他们转而悼念起死难者。

"我不能留在你们这里……我不知道我是什么人……再见……"他翻身上马，飞驰而去。

"你回来！"当地的居民们大声呼唤他，但是托里斯蒙多已经离开村庄，离开圣杯骑士的森林，离开库瓦尔迪亚而远去了。

他重新开始在各国流浪。自从把圣杯骑士团作为唯一的理想来怀念之后，他曾对一切荣誉、一切享乐不屑一顾。现在理想破灭了，他将替自己不安的灵魂找一个什么样的追求目标呢？

他在森林中摘野果充饥，在海边捉岩石上的刺海胆果腹，有时遇到一座修道院，就能喝上一碗豆粥了。在布列塔尼的海滩上，当他进入一个岩洞捉海胆时，发现一名正在熟睡之中的女子。

她那长长的黑色睫毛垂覆在苍白而丰满的面颊上，柔软的身体舒展着，手放在隆起的胸脯上，柔软的鬈发、朱唇、丰臀、脚趾，呼吸均匀。霎时，他觉得那种推动他走遍世界,走遍一处处覆盖着一层柔软的植被、风儿贴着地面低低吹过的地方,度过一个个不出太阳也晴朗的日子的愿望得到了满足。

他俯身向她,当索弗罗妮亚睁开眼睛时,他正凝视着她。"请您不要伤害我,"她软绵绵地说,"您在这荒芜的礁石上寻找什么?"

"我一直在寻找我所缺少的东西,只是在我看见了您的此刻,我才明白它是什么。您是如何来到这海岸边的?"

"我是一个修女,被迫嫁给一个穆罕默德的信徒,但是婚礼并没有完成,因为我是他的第三百六十五个新娘,幸遇一位基督徒拔剑相助,后来在我们返回的途中,船只触礁沉没,我被安置在此洞内,像是被凶恶的海盗掳掠而来。"

"我明白了。您是孤身一人吗?"

"据我的理解,那位救命恩人去皇帝那里办事了。"

"我愿意用我的宝剑为您提供保护,但是我担心您在我身上点燃的感情过分强烈,可能使您觉得我的动机不纯。"

"噢,您不必顾虑,您要知道,我已经遭遇过几次危险了。然而,每次,正在关键时刻,那位救命恩人就跳出来了,总是他。"

"这次他也会来吗?"

"那,说不准。"

"您叫什么名字?"

"阿齐拉,或者是帕尔米拉修女。这要看是在苏丹的后宫里还是在修道院里了。"

"阿齐拉,我好像早就一直爱着您……好像已经为您神魂颠倒了……"

II

查理大帝骑马朝布列塔尼海岸走去。"现在我们去看看,事情就要见分晓了,阿季卢尔福,您不要着急。如果您对我所言属实,如果这个女子十五年来仍然守着一个清白之身,那没有什么可说的,您过去被封为骑士是当之无愧的,而那个年轻人应当向我们解释清楚。为了查证核实,我已经吩咐随从们找一名熟悉妇道人家事情的接生婆来。我们当兵的,对于这些事情,当然是不在行的……"

那老太婆骑在古尔杜鲁的马上,口齿不清地说:"好,好,陛下,一切将办得利利索索,哪怕生的是双胞胎……"她耳聋,还没听明白是怎么回事哩。

两名随行军官首先走进岩洞,举着火把。随后两人返回来,惊愕不已:"陛下,那姑娘躺在一个年轻士兵的怀抱里。"

一对情人被带到皇帝面前。

"你,索弗罗妮亚!"阿季卢尔福惊呼。

查理大帝叫人抬起年轻人的脸:"托里斯蒙多!"

托里斯蒙多跳到索弗罗妮亚面前:"你是索弗罗妮亚吗?啊!我的母亲!"

"索弗罗妮亚,您认识这位年轻人吗?"皇帝问道。

妇人低着头,面色苍白:"既然他是托里斯蒙多,是我把他抚养大的。"她的声音细若游丝。

托里斯蒙多跳上马鞍:"我犯下了可耻的乱伦罪!你们永远不会再见到我了!"他策马向右边的树林跑去。

阿季卢尔福也把马一刺,"你们也不会再看见我!"他说,"我没有了名字!永别了!"他钻进了左边的树林。

众人震惊。索弗罗妮亚双手掩面。

只听见一阵马蹄声在右边响起。原来是托里斯蒙多反身从林子里飞奔而出,向这边跑来。他大声喊道:"这是怎么回事?不久前她还是处女啊?我怎么没有马上想到这一点呢?她是处女!她不可能是我的母亲!"

"请您对我们说明白。"查理大帝说。

"其实,托里斯蒙多不是我的儿子,而是我的兄弟,或者说是隔山兄弟更恰当一些。"索弗罗妮亚娓娓道来,"苏格兰王后是我们的母亲,在我的父王出外作战一年之后,她生下了他。王后有过一次偶然的外遇——好像是——同圣杯骑士团。当国王宣布要班师回朝之时,那个无耻的妇人(我不得已如此评价我们的母亲),她以让我带小弟弟外出散步为名,使我迷失在森林里。她对归来的丈夫编造了一个弥天大谎,说十三岁的我未婚而孕,已经出逃。出于对孝心的错误理解,我一直不曾揭穿母亲的这个秘密。我带着幼小的弟弟生活在荒山野地里,对于我来说,那些年月,与后来我被康沃尔公爵家送进修道院过的日子相比,是自由而幸福的。直至今日早晨之前,我不曾结交过男人,到了三十二岁,第一次接触男人,唉,竟然是一次乱伦……"

"我们冷静地看看到底是怎么回事,"查理大帝安慰地说道,"乱伦的事情时有发生,然而出现在隔山的姐弟之间,还不是最严重的……"

"不是乱伦,神圣的陛下!快活起来,索弗罗妮亚!"

托里斯蒙多大声说道，容光焕发，"在我寻根的过程中，得知了一个秘密，我本来打算永远不泄露的：我原以为是我母亲的人，也就是你，索弗罗妮亚，你不是苏格兰的王后所生，而是国王同一个农民妻子的私生女。国王让王后将你收为养女，也就是说，那个我现在得知是我母亲的人，对于你，只是一个养母。现在，我明白了，她在国王的逼迫之下违心地做你的母亲，一直伺机除掉你。她将自己一次偶然过失的苦果，也就是我，推给了你。你是苏格兰国王和一个乡下妇人的女儿，我是王后与圣团所生，我们没有任何血缘关系，而只有刚才在此两厢情愿地缔结的姻缘，我热诚地希望你愿意重结良缘。"

"我认为，所有的事情都圆满解决了……"查理大帝搓搓双手，说道，"我们不要耽误时间了，赶快去寻找我们的那位了不起的阿季卢尔福骑士，让他放心，他的姓名和封号不再有任何疑义了。"

"陛下，我去！"一名骑士跑上前来说道。他是朗巴尔多。

他走进森林，大声呼唤："骑士！阿季卢尔福骑士！

圭尔迪韦尔尼骑士！戈尔本特拉茨和叙拉的圭尔迪韦尔尼和阿尔特里家族的阿季卢尔福·埃莫·贝尔特朗迪诺！上塞林皮亚和非斯的骑士！真相大白了！您回来吧！"

答应他的只有回声。

朗巴尔多顺着树林的每一条小路搜寻起来，查完道路再翻过一堵一堵悬崖峭壁，沿着道道溪水寻找踪迹，时而呼喊，时而仔细聆听四周的动静。他发现了马蹄印。在一处地方出现了更深的蹄印，似乎马在那里停留过，马蹄从那以后又变浅了，好像马是在此处被放跑了。而在这同一地点出现了另一种痕迹，铁鞋走过留下的脚印。朗巴尔多循脚印走下去。

他敛气屏息，走到一处树木稀疏之地。只见在一棵橡树脚下，散放着一些东西，有一顶翻倒的头盔，上面插着五彩缤纷的羽毛，有一件白色胸甲，还有股甲、臂甲、手套，总之，都是阿季卢尔福的铠甲上的东西，有些像是有意堆成一个正规的金字塔形，有些则散乱地滚在地上。在剑柄上别着一张纸条："谨将此铠甲留赠朗巴尔多·迪·罗西利奥内骑士。"下首有半个花笔签名，仿佛是刚开头就立即煞住了。

"骑士!"朗巴尔多朝着头盔,朝着胸甲,朝着橡树,朝着天空,大声呼喊,"骑士!您再穿上铠甲吧!您在军队里的军衔和您在法兰克王国的贵族封号都是无可非议的!"他把铠甲拼凑在一起,试着让它站立起来,并不断地大声说:"骑士,您存在,现在谁也不能否认您的存在了!"没有声音回答他。铠甲立不起来,头盔滚落在地上。"骑士,您仅凭意志的力量坚持了那么长时间,您总是做好每一件事情,就像您确实存在一样,为什么您突然屈服了?"他不知道再向谁呼唤了:铠甲是空的,空得同从前不一样,失去了以前那个名叫阿季卢尔福的骑士,如今他已经消失了,如同一滴水溶化在大海里了。

朗巴尔多解开身上的胸甲,脱下来,穿上白色铠甲,戴上阿季卢尔福的头盔,手握盾牌和长剑,跳上马。他这样全副武装地出现在皇帝及其随从面前。

"啊,阿季卢尔福,您回来了,一切都很好,是吗?"

可是头盔里是另一个声音答话。"我不是阿季卢尔福,陛下!"面罩揭开,露出的是朗巴尔多的脸。"圭尔迪韦尔尼骑士只留下这副白色铠甲和这张将所有权指定给我的纸条。此时此刻,我唯愿杀向战场!"

军鼓声发出警告。一支双桅帆船队将一支撒拉逊军队运送到布列塔尼。法兰克军队紧急列队集合。"你如愿以偿,"皇帝说,"拼杀的时候到了。为你手中的兵器增添荣誉吧。阿季卢尔福虽然性格古怪,却懂得如何当兵打仗!"

法兰克军队迎战侵略者,在撒拉逊人的阵线上打开一个缺口,年轻的朗巴尔多第一个冲上前。他与敌人厮杀开来,出击,防卫,既兴奋又愤怒。穆罕默德的信徒中许多人趴地啃泥。朗巴尔多矛头所指之处,敌人一个接一个地被刺倒。侵略者一队队地向后退却,挤向停泊船只的地方。在法兰克军队的追击之下,除了那些用自己的黑血污染了布列塔尼的灰色土地的人之外,败兵们作鸟兽散。

朗巴尔多毫发无损地从战场上凯旋;可是那铠甲,阿季卢尔福的那一套洁白无瑕、完整无缺的铠甲,现在结了一层泥壳,沾满敌人的血污,伤痕累累,布满洞眼、擦痕、裂口,头盔上的羽毛被折断了,头盔变形了,盾牌上恰恰将那神秘的徽章刮落了。现在青年觉得这身铠甲就像是他的,是他朗巴尔多·迪·罗西利奥内的。起初穿上它时的不适感已经消失,他穿着就像戴手套那么自然。

他骑马独自走上一座山梁。一个尖厉的声音从山谷之底响起。"哎,阿季卢尔福在那上面!"

一个骑士向他跑来。那骑士在铠甲之外穿一袭淡紫色的披风。追赶上来的是布拉达曼泰,"我终于找到你了,白铠甲的骑士。"

"布拉达曼泰,我不是阿季卢尔福:我是朗巴尔多!"他本想对她猛喊,但考虑还是靠近一些说话更好,便拨转马向她迎过去。

"你终于向我跑来了,你这抓不住的骑士!"布拉达曼泰叫嚷着,"嘿,我也要看看你追着我跑的模样,你是唯一不像那班莽汉那样从背后突然向我扑来的男人,他们可真像是一群猎犬呀!"她这么说着,拨马往回走,做出要躲开他的姿态,但又频频回头看他是否落入自己的圈套,是否正在追赶自己。

朗巴尔多急切地想告诉她:"你没有发现,我也是一个笨手笨脚的人吗?我的每一个动作都流露出了我的愿望、不满、焦躁吗?但是我所追求的也只是做一个了解自己的需求的人!"为了说给她听,他紧紧地追在她身后。她笑,并且说:"这是我梦寐以求的日子!"

他看不见她了。那里是一片绿草如茵的幽静山谷,她的马已经系在一棵桑树下。一切都与他第一次跟踪她来此,尚未猜到她是女人时的情景相似。朗巴尔多下马。她在那边,他看见她了,只见她仰面躺在一面芳草坡上,脱掉了铠甲,穿一件黄玉色的短紧身衣。她躺着向他张开双臂。朗巴尔多穿着白色铠甲走上前去。这是对她说话的时机。"我不是阿季卢尔福,您看看您所爱的这件铠甲,您会感觉出里面一个躯体的重量,我的身体年轻而灵活。您没有看出这件铠甲已失去它那无人性的洁白,变成了一件被人穿着冲锋陷阵、承受了各种兵器的攻击的战袍,一件结实而有用的护身器具吗?"他想对她这么说，可是他两手发抖地站在那里，迟疑地朝她那边挪动脚步。也许这时是他袒露真相、脱掉铠甲、以朗巴尔多身份出现的最好时机，她正双目闭拢，面呈期待的微笑。年轻人解下身上的铠甲，他担心，如果布拉达曼泰此时睁开眼睛就会认出他来……不会的，她用一只手蒙住脸，仿佛不愿用视线惊扰不存在的骑士的看不见的靠近。朗巴尔多扑到她身上。

"啊，是真的，我早就相信有这么一天！"布拉达曼泰闭着双眼感叹，"我一直相信，这是可以的！"她紧紧地搂住他，在双方一致的热烈感情中，他们结合在一起，"对啦，对啦，我早有信心！"

现在这桩事情也已做完，是互相对视的时候了。

"她就要看见我啦，"朗巴尔多想道，心里闪过自豪与希望，"她会理解这一切，她将认为这样做是正当而美妙的；她会一辈子爱我！"

布拉达曼泰睁开眼睛。

"哎呀，你！"

她从草堆上欠起身来，推开朗巴尔多。

"你！你！"她怒气冲冲地喊道，眼睛里噙满泪水，"你！骗子。"

她站起身来，挥舞着剑，指向朗巴尔多，朝他身上砍去，但用的是剑背，落在了头上，打得他眼冒金星。他举起两只空手，也许是为了自卫，也许是为了拥抱她，他来得及向她说出的全部话语是："可是，你说，你说，这不是很美妙吗……？"然后失去了知觉，回答他的只是一阵马蹄杂沓踢蹬声。她走了。

如果说恋人忍受着对他尚不知其味的亲吻的渴望时是不幸的话，那么在刚刚领略那种甘甜之后而不可复得则是千倍的不幸。朗巴尔多继续过他那武士的生活。哪里混战最激烈，他的长矛就去哪里开路。如果在刀光剑影之中看见淡紫的颜色闪现，他就直接奔过去。"布拉达曼泰！"他呼喊，但总是空欢喜。

那个他愿意向之倾诉自己的烦恼的唯一的人，已经一去不复返了。当在军营里走动时，一件穿得笔挺的胸甲，或一个迅速挥臂的动作，都会使他惊跳起来，因为令他想起了阿季卢尔福。莫非骑士没有消失，他找到了另外一套铠甲穿上？朗巴尔多走过去,对人家说:"武士,我不想惹您生气,但是冒昧请求您掀开头盔上的面罩。"

每次他都希望看到对面是一个空洞,然而总是有一个架在两撇拳曲的胡须之上的鼻子露出来。"请原谅。"他啜嚅着,赶紧走开。

还有人也在寻找阿季卢尔福,他就是古尔杜鲁,每次他看见一只空锅、一根烟筒或一只酒桶时,就站住大喊:"主人先生!您请吩咐吧!主人先生!"

他坐在一条路边的草地上,对着一只长颈大肚的酒瓶长久地唠叨,一直到有人叫他:"古尔杜鲁,你在那里头找谁呀?"

来人是托里斯蒙多,他在查理大帝面前举行了隆重的婚礼,偕新娘一起骑马去库瓦尔迪亚,他已被皇帝任命为那里的伯爵,随行的还有一队穿戴体面的侍从。

"我找我的主人。"古尔杜鲁回答。

"他在酒瓶里吗?"

"我的主人是一个不存在的人,因此他可能像在铠甲里那样待在酒瓶里。"

"可是你的主人消散在空气里了!"

"那么,我成了空气的马夫了?"

"如果你跟我走,你将是我的马夫。"

他们来到库瓦尔迪亚。那地方已经认不出来了。在原来是村庄的地方出现了一座座城市,有石砌的高楼大厦,还有磨房和水渠。

"善良的人们,我回来了,将在你们这里留下……"

"好哇!万岁!新郎万岁!新娘万岁!"

"请听完我带来的消息后你们再欢庆吧:查理大帝将库瓦尔迪亚伯爵的爵位授予了我,诸位应当向神圣的皇帝敬礼致谢!"

"啊……可是……查理大帝……?真的……"

"你们不明白吗?从现在起你们有了一位伯爵!你们将在我的保护之下,不受圣杯骑士们的欺侮。"

"嘿,那些家伙早已被我们赶出了库瓦尔迪亚!您看,长期以来我们一直唯命是从……可是现在我们懂得了不向骑士也不向伯爵进贡就可以生活得很好……我们种地,盖起作坊、磨房，遵守我们自己的法律，捍卫我们的领土，总之，在向前进，我们没有什么可抱怨的了。您是一位慷慨大度的青年，我们没有忘记您曾经为我们出过力……我们希望您留下来……但是以平等的身份……"

"以平等的身份？你们不愿意我当伯爵吗？但这是皇帝的命令，你们不懂吗？你们想违抗是不可能的！"

"嗨，人们总是这么说：不可能……赶走那些欺压我们的圣杯骑士曾经像是不可能的……当时我们只有剪刀和叉子……我们对任何人都不存有恶意，少爷，对您更不同于一切其他的人……您是一位有才华的青年，您比我们见多识广……如果您留在这里，与我们平等相处而不使用强权，也许您同样将成为我们之中的首领……"

"托里斯蒙多，我受尽磨难，不愿再生波折，"索弗罗妮亚揭开面纱说话了，"这些人讲道理，懂礼貌，我觉得这座城市美丽而富庶……我们为什么不设法同他们达成一致呢？"

"我们的侍从怎么办？"

"他们也都将成为库瓦尔迪亚的公民，"居民们回答，

"也将得到他们应有的一切。"

"我应当把这个马夫也看成同我一样的人吗?古尔杜鲁连他自己是否存在都不明白。"

"他也能学会的……我们过去也不懂得应当怎样生活在世界上……也是边生活边学会……"

12

　　我的书呀，你现在到了结尾处。最后这几天，我写得飞快。一行一行地写下来，我穿越了几个国家，跨过了几大洲几大洋。什么原因使得我如此匆忙，如此急切呢？应当说我在等待着某件事情。可是，为了脱离那变化无常的尘世生活而退避这一隅的修女不是一无所求的吗？除了这一页必须填满黑字的白纸和修道院定时的钟声之外，我等待着别的什么东西吗？

　　来了，只听见一匹马顺着陡峭的山路往上走的蹄声。来了，那匹马恰好在修道院的大门口停步了。骑士敲门。从我的窗口里望不见他，但是我听出了他的声音："喂，仁慈的姐妹们，请听我说！"

　　他的声音不是这样吗，还是我记错了？没错，就是这样的！这是朗巴尔多的声音，为了写完最后两页我让他在大门上敲了许久。

"喂，仁慈的姐妹们，请你们发发善心，告诉我，是否有一个女武士隐居在这座修道院里？她是闻名遐迩的布拉达曼泰。"

原来，朗巴尔多走遍世界寻找布拉达曼泰，他当然会来到这里。

我听见看门的修女回答："没有，当兵的，这里没有武士，只有一些虔诚的可怜女子，她们向上帝祈祷，替你赎罪哩！"

这时，我跑到窗口，大声说道："哎，朗巴尔多，我在这里，你等着我，我知道你会来的，我马上下楼，我跟你走！"

我急忙摘除头巾，扯下修道院的饰带，脱掉道袍，从箱子里翻出我的黄玉色的短紧身衣、胸甲、肩甲、头盔、马刺、淡紫色的披风。

"朗巴尔多，等着我，我在这里，我是布拉达曼泰！"

对了，还有我的书。讲述这个故事的修女苔奥朵拉和女武士布拉达曼泰，我们是同一个人。有时我驰骋沙场，醉心于拼命和恋爱，有时我隐居修道院，思索和记叙我的经历，以求领悟人生。当我初来这里隐居时，由于得不到阿季卢尔福的爱情而心灰意懒，现在我的心被年轻的朗巴尔多的热情点燃了。

我的笔为此而从某个时候开始跑起来，向着他跑去，它知道他不久就要到来。一页书的价值只存在于它被翻到的时候，而后来的生活定会翻遍和翻乱这本书上的每一页。喜悦的情绪会使你走路时奔跑起来，同样会使你手中的笔飞快地移动。你就要开始书写新的篇章了，你不知道你将要讲述的故事是什么，就像你从修道院走出去，在拐弯的时候，你不知道即将遇到的是一条龙、一群野蛮人、一座美丽的海市蜃楼，还是一次新的爱情奇遇。

我跑下来了。朗巴尔多！我甚至没有同院长嬷嬷告别。她们已经了解我，知道在厮杀、拥抱、失望之后，我总是回到这座修道院里来。可是这次将不同了……将是……

啊，未来，我从对于过去的记叙，从激动得双手颤抖的现在，向你走来了，我跨上了你的马鞍。你将在尚未造起的城楼的旗杆上升起什么样的新旗帜欢迎我？你将在我过去喜爱的城堡和花园里怎样燃起劫掠的硝烟？你安排了多少黄金岁月？你是难以驾驭的，你预报了须以昂贵代价去获取的珍宝，你是我要去征服的王国，未来……

Postfazione　　　　　　　后记（1960）

我在此卷《我们的祖先》中收集三篇写于1950—1960年代的故事，它们的共同之处在于事件是非真实的，发生在久远的时代和想象的国度中。由于这些共同的特点（尽管还有其他不相同的特点），人们认为，它们组成了，像通常所说的，一部"套曲"，甚至是一部"完整的套曲"（也就是说写完了，因为我不打算写类似的新故事）。这给我提供了重读它们和回答问题的好机会，迄今为止每当人们提出之后我避而不答的问题是：我为什么写这些故事？我想说什么？我实际上说了些什么？这种类型的叙事在当今文学中有什么意义？

我，起初，写过一些当时所谓"新现实主义"的故事。也就是说，我讲述了一些不是发生在我身上而是发生在别人身上的故事（或者说是想象发生过或可能发生的），如通常所说，这些人是"人民"大众，但总是一些有点非正常的人，至少是一些奇怪的人，不会过多迷失在思想和情感中，而能够只通过他们所说的话和所做的行为来加以描写。我写得很快，使用短句型。那时我想表达的是某种突破，某种写法。我喜欢故事发生在户外，在公共场所，如在车站，许多人际关系在那里产生于偶然相遇的人们之间；心理学说、内心世界、室内场景、家庭、风俗、社会（尤其是上流社会），我对这些不感兴趣，也许从那时起我不曾有过大的改变。

我毫不经意地用游击队员的故事开始写作：结果很成功，因为这些故事是历险记，充满搏斗厮杀，枪林弹雨，有一点残酷也有一点吹嘘，符合当时的精神，还运用了"悬念"，这在小说中像调味的盐。在我于1946年写的中篇小说《通向蜘蛛巢的小径》中，我也大量地运用了新现实主义的生硬手法，而批评家们开始说我是"寓言式的"。我这是在赌博：我深知当讲述无产者和八卦新闻时带有寓言性是优点，而当讲述城堡和天鹅时寓言性就不足以称道了。

于是我尝试写别的新现实主义小说，以那些年里的大众生活为主题，可是我没能写好，将手稿留在了抽屉里。倘若我采用一种欢快的语调述说，显得假腔假调；现实复杂得多，任何风格的模仿终归是装腔作势。倘若我使用一种更加深思熟虑和悲天悯人的语调，一切将变得灰暗、忧伤，我就失去了那种属于我的特征，也就是对写作的是我而不是另一个人这个事实的唯一证明。

是世道变调了：游击战争时期和战后时期的散乱生活随时间转移而远去，再也遇不见那些向你讲述非凡经历的非同寻常的人物，即或还能遇见，却再也辨认不出他们的人和事了。现实步入各种轨道，表面上更正常，变成机构式的；如果不通过他们所在的机构很难判定人们所属的阶级；我也步入一种阶层成为其中的一分子——那种大城市的知识分子，身着灰色套装和白色衬衣。但是我想，归咎于外部环境是太方便的做法；也许我不是一个真正的作家，我是一个写作过的人，像许多人一样，被推进变革时期的浪潮；过后我的灵感就枯竭了。

于是，我怀着对自己和对一切都感到厌烦的情绪，作为个人消遣，于1951年开始写《分成两半的子爵》。我无意特别支持某一种文学观念，也不想进行道德讽喻，或者狭义的政治讽喻，从来都不。当然我感觉到了那些年里的气氛，尽管不是很理解。我们处于冷战中心，空气中弥漫着一种紧张、一种难以言表的不安，它们不具有看得见的形象，可是主宰着我们的心灵。于是，当我写一个完全是出自幻想的故事时，我不仅在不自觉地宣泄那个特殊时期的压抑感，而且还找到了走出困境的推动力；也就是说，我不是被动地接受消极的现实，而且能够对其注入活力、颂扬、野性、简约风格、强烈的乐观主义，它们曾经属于抵抗文学。

起步时我心里只有这股动力和一个故事，或者更恰当地说是一个形象。在我写每个故事的起始之时，都有一个形象在我脑子里转动，不知是何时诞生的，而且跟随我多年。这个形象逐渐在我头脑里发展成一个有头有尾的故事，而且同时——两个过程经常是平行而又独立的——我相信这个故事蕴含某种意义。但是，当我动手写作时，这一切在我心中初具轮廓，还处于空白状态，只能在写的过程中，一切事物最终各就各位。

那么，一段时间以来我一直在想一个从纵向劈为两半的人，那两半中的每一半都自行其是。一个士兵的故事，发生于一场现代战争？但是常见的表现主义讽刺作品被反复炒腻了：一场远去时代的战争更好一些，土耳其人，一刀劈开——不，一次炮击更好一些，因此一半被认为已经毁坏，后来却又跳将出来。那么是土耳其人开的炮？对，奥地利-土耳其战争，十七世纪末期，埃乌杰尼奥亲王，但是让这一切都显得影影绰绰，那时我对历史小说不感兴趣（现在依旧）。那好：一半活下来，另一半以后再出现。如何区别他们？行之有效的可靠方式就是让一半善良而另一半邪恶，一种史蒂文森式的对立，就像《化身博士》，以及《杜里世家》中的两兄弟。故事就这样完全按照合乎几何逻辑的推理编织起来。而批评家们可能开始步入歧途：他们说我心里想的是善与恶的问题。不是，它在我心中根本不存在，我没有想过善与恶，一分钟也没有。正如一位画家可以使用色彩的鲜明对比来突出某一种图形，同样地我采用了一种众所周知的叙事的对立来突出我所感兴趣的那个东西，这就是分裂。

现代人是分裂的、残缺的、不完整的、自我敌对的；马克思称之为"异化"，弗洛伊德称之为"压抑"，古老的和谐状态丧失了，人们渴望新的完整。这就是我有意置放于故事中的思想－道德核心。但是除了在哲学层面的深入探索工作之外，我注重给故事一副骨骼，像一套连贯机制良好运行，还有用诗意想象自由组合的血肉。

我不能将现代人所有的残缺类型都安放在主人公身上，他已经肩负推动故事进程的一大堆事情，我分散给一些配角。其中之一——可以说是唯一具有单纯教育作用的——木匠彼特洛基奥多师傅，他建造精良的绞刑架和刑具而试图不想它们做什么用途，这就像……这当然就像现在的科学家或技术人员，制造原子弹或者任何他们不知道社会用途的设备，他们单一的"做好自己的职业"的责任感不足以使良心安稳。"纯粹的""自由客观的"（或不自由）科学家与人类现实生活脱节的问题也表现在特里劳尼大夫这个人物身上，但是他的出身完全不同，作为一个史蒂文森意味的小人物，从其他地方流落到那种环境中，他还有着自己独立的精神世界。

麻风病人和胡格诺派教徒属于一种更加复杂的虚构方式，从浪漫幻想的深层背景中诞生，也许受到古老的地方历史传统的启发（麻风村在利古里亚或普罗旺斯腹地；从法国出逃的胡格诺派教徒定居在库尼塞，在南特谕令[1]被撤销之后，或者更早一些，在圣巴托罗缪之夜[2]以后）。对于我而言，麻风病人代表享乐主义、无责任感、快乐的颓废、唯美主义与病态的集合，在某一方面代表了当时流行的也是永远存在的文学艺术上的颓废主义（世外桃源阿卡迪亚）。胡格诺派教徒是与之相反的另一半——道德主义，但是作为艺术形象，有着更为复杂的意义，还因为隐含一种家族秘传（猜测是我的姓氏的起源[3]——迄今尚未证实），是对马克斯·韦伯资本主义新教起源说的一种图解（讽刺与欣赏兼备），以此类推，是对其他一切建立在实用道德主义基础上的社会的图解；是对一种没有宗教的宗教

---

1 法国国王亨利四世颁布的准许国民信仰自由的谕令，1685年被路易十四撤销。
2 1572年8月23日午夜到24日凌晨，巴黎天主教徒屠杀新教徒事件。
3 胡格诺教派属加尔文宗，加尔文与卡尔维诺是同一个词（Calvino）。

伦理的描写，这种观照赞同多于讽刺。

我认为《分成两半的子爵》中所有的其他人物除了在小说情节中的作用外没有别的意义。有的人物我觉得相当好，得了自己的生命，比如奶妈赛巴斯蒂娅娜，还有老子爵阿约尔福，他出场短暂。少女人物（牧羊女帕梅拉）仅仅是与半身人的非人性相对立的一个图解式的女性形象表意符号。

而他，梅达尔多，半身人呢？我说过他比别人少一些自由，却按照故事情节走预定的路线。但是，尽管他如此地受强制，仍然能够表现出一种基本的不确定性，符合作者心中还不很清晰的某些东西。我的宗旨是向人的一切分裂开战，追求完整的人，这是确定无疑的。但是实际上，开篇时完整的梅达尔多，是无定型的，没有个性也没有面容；结尾时重归完整的梅达尔多让人一无所知；生活在故事里的人只是以半个自己出现的梅达尔多。而这两个一半，两个非人的相反形象，结果表现得更具人性，形成矛盾关系；邪恶的一半，那么地不幸，令人同情，而善良的一半，那么地愧疚，迂腐可笑。我从两种对立的观念出发，对以分裂作为真正生存方式的双方都给予赞赏，并且痛斥"愚蠢的完整"。小说最终不由自主地表达分裂意识，是否因为生活在分裂的时代？或者更恰当地说，是否因为真正的人的完整不是幻想中的一种不明确的总和，或者说齐备，或者说多面，而是坚持不懈地深入认识实在状况，认识自己天然的和历史的条件，个人的自愿选择、自我构建、能力、风格，包括内心自律和主动放弃的个人准则，始终不渝？这个故事以它自然的内在动力将我推向这个我过去现在一贯的真正主题：一个人心甘情愿地给自己立一条严格的规矩，并且坚持到底，因为无论对他还是对别人，没有这条规矩他将不是他自己。

我们再次遇上这个主题是在另一个故事里，《树上的男爵》，写于几年之后（1956年至1957年间）。这一次也是写作的年代影响精神状态。那是一个对我们在历史运行中可能起到的作用进行反思的时代，新的希望和新的痛苦同时交织。尽管有这一切，时代朝更好的方向走去；问题在于寻找个人良知与历史进程之间的正确关系。

这一次也是我的头脑里先有一个形象多时：一个攀爬在一棵树上的少年；他爬，会发生什么事情？他爬，走进另一个世界；不对，他爬，遇见奇妙的人物；对了，他爬，每天从一棵树到另一棵树地漫游，甚至不再回到树下，拒绝下地，在树上度过一生。我应当为此编造一个从人际关系、社会、政治等中脱逃的故事吗？不是，那样就太肤浅和无聊，我让这个不愿像别人一样在地上行走的人物不变成一个厌世者，而变成一个不断为众人谋利益的男子汉，投身于那个时代的运动，愿意全面参与积极生活——从技术进步到地方治理和精致生活。只有这样写，我才有兴趣动笔。但是他始终认为，为了与他人真正在一起，唯一的出路是与他人相疏离，他在生命的每时每刻都顽固地为自己和为他人坚持那种不方便的特立独行和离群索居。这就是他作为诗人、探险者、革命者的志趣。

举一个例子，西班牙人的插曲是为数不多的我从一开始就似乎很清楚的情节之一：他们由于偶然的原因生活在树上，当起因消除后就下树了，而那个"攀缘者"相反，他出于内心的志趣，当不存在任何外部理由时他仍然留在树上。

完整的人，在《分成两半的子爵》中我还没有清晰的设想，而这一次在《树上的男爵》中体现在通过自觉进行艰苦磨砺而充分完成自我的那个人身上。写这个人物时发生了对我来说是不同寻常的事情：我认真地对待他，相信他的所作所为，我把他认同为自己。补充一点，当我为安排一个被树木覆盖的非真实国度而寻找一个往昔的时代时，我被十八世纪及其与后一个世纪之间的动乱时期的魅力吸引住了。于是，主人公，柯希莫·迪·隆多男爵走出了可笑的情节框架，来到我面前，成为一个道德楷模，具有精准的文化特质；我的历史学家朋友们关于意大利启蒙主义者和雅各宾派的研究，成为幻想的可贵推动力。那个女性形象（薇莪拉）在文化与伦理方面也发挥了作用：与启蒙主义者的坚定相反，那种对一切事物巴洛克式的和后来浪漫主义的冲动是危险的，险些变成破坏力量，跑向毁灭。

于是,《树上的男爵》在我笔下变得与《分成两半的子爵》大不相同。不是一个时代不详、背景模糊、人物单薄而象征化、童话结构的故事,我在写作时不断地被诱导进行历史的"模仿",写出一系列十八世纪的人物形象,标明日期和与之相关的名人逸事;风景和自然环境是虚构的,但是以怀旧之情细致描绘;精心设计合情合理和接近真实的情节,甚至包括非真实的开头;总之,我最终品尝到了小说的滋味,这个词最传统的含义。

关于那些次要人物,由于浪漫气氛中的自然繁衍而诞生,可说的不多。做孤独的人似乎是他们共同的特征,每一个人都以一种错误的生存方式,围绕在主人公唯一正确的方式周围。请看骑士律师,他重现特里劳尼医生的许多特点。十八世纪,奇闻逸事倍出的伟大世纪,仿佛特意为安置这座怪诞人物画廊而存在。那么柯希莫可以被看成一个使自己的不合常规行为具有普遍意义的另类人吗?这样想来,《树上的男爵》没有穷尽我提出的问题。显而易见的是现在我们生活在一个没有奇迹的世界,人们最简单的个性被抹杀了,而且人被压缩成预定行为的抽象集合体。

今天问题已经不再是自我的部分丧失,是全部丧失,荡然无存。

我们从原始人缓慢进化成非自然的人,原始上由于与天地浑然一体,因而与生物没有区别,可以称之为还不存在;非自然的人由于混同在产品和环境之中,因而不与任何东西发生摩擦,同周围的事物(自然或历史)不再有关系(斗争与通过斗争得到的和谐),而只是抽象地"发挥作用",也是不存在的。

这个思考的焦点渐渐地与长久以来占据我心中的一个形象重合:一副行走的盔甲,中间是空的。我尝试着将它写成一个故事(在1959年),这就是《不存在的骑士》,它在三部曲中更可能位列第一而不是第三,因为查理大帝武士的年代更早,还因为与其他两个故事相比,它更可以被认为是一个序曲而不是尾声。而且这本书写于历史背景比1951年和1957年更加动荡不安的年代,强调哲学提问,同时却以激越的抒情方式解决。

阿季卢尔福,不存在的武士,有着广泛散布于当今社会各行各业中那一类型人的精神面貌；我写这个人物很快就得心应手。我从阿季卢尔福的模式（具有意志和意识的不存在）出发，用一种反向逻辑程序（从思想出发走向形象，与我通常所做的相反），挖掘出一个没有意识的存在模式，即同客观世界浑然一体，我创造了马夫古尔杜鲁。这个人物没有能力拥有前者的独立精神。这是可以理解的，因为阿季卢尔福的原型随处可见，而古尔杜鲁的原型仅在人类学家的著作里才有。

这两个人物，一个没有生理个性，而另一个没有意识个性，他们不可能扩展成一段故事；他们只是宣告了主题，应当由其他的人物加以展开，存在与不存在也在他们每一个人的内心搏斗。还不懂得存在与不存在的人，是年纪轻的人；因此一位青年应当是这个故事的真正主人公。朗巴尔多，司汤达式武士，像一切年轻人所为，追求生存的证明。存在的证实在于行动；朗巴尔多将寓意实践、经验、历史。我需要另一位青年，托里斯蒙多，我让他成为绝对精神，对于他存在的证实应当来自别的什么而不是他自己，来自在他之前就存在的，与他相分离的那一切。

对于年轻男性，女人是肯定存在的；我写了两个女人：一个是布拉达曼泰，爱情是冲突，是战争，这就是朗巴尔多的心上人；另一个——寥寥几笔而已——索弗罗妮亚，爱情是和平，是前世的梦中思念，托里斯蒙多的心上人。布拉达曼泰，爱情如战争，她寻求异己者，即不存在的人，因此她爱上了阿季卢尔福。

我最后该做的事情是举例证明存在是神秘经验，四大皆空、瓦格纳、日本武士的佛教思想；圣杯骑士们现身了。还有与此相反的观念——存在是历史经验，被历史抛弃的人民的觉醒（被卡罗·莱维多次阐述过的观点）；库瓦尔迪亚的居民与圣杯骑士对立，他们穷困并遭受欺压，不知如何活在世上，将在斗争中学会生存。

至此我需要的人齐全了，让他们受自身那许多生存焦虑的支配而活动就行了。但是这一次我不会像在写《树上的男爵》时那样让自己掉进故事里，也就是说我最终不会相信我所讲述的那些东西，这一次故事是并且应该是人们所说的一种"娱乐"。我一贯认为享受这种"娱乐"的人是读者：这不是说对于作者也同样是一种娱乐，作者应当在叙事时保持距离,调节好冷热情绪,自我控制和自发冲动交替,其实写作是最使人疲劳和神经紧张的工作方式。当时我想倾诉写作的甘苦,为此编造一个人物:我变成修道院的文书,假托她在写小说,这使我获得平静而自然的动力,完成最后的篇章。

你们可能会发现在这三个故事中我都需要一个自称"我"的人物,也许通过这个人起到调和与抒情的作用,可以纠正讲寓言故事时完全客观的冷漠态度。我每次选择一个边缘人物,或者至少是与情节无关的人:在《分成两半的子爵》中是一个少年的"我",一个卡尔利诺·迪·弗拉塔式[1]的人物,因为在那样一些场景中没有比通过儿童的眼睛看一切更好的方式。至于《树上的男爵》,我的问题是纠正我将自己认同为主人公的强烈冲动,这一次我在作品中放进很著名的塞雷努斯·蔡特布洛姆[2]式的辅助人物,即从起头几句开始我就派出了一个性格与柯希莫相反的人物充当"我",一个稳重而通情达理的兄

---

[1] 见于涅埃沃的小说《一个意大利人的自述》。
[2] 托马斯·曼的小说《浮士德博士》中主人公的挚友兼传记作者。

弟。而在《不存在的骑士》中，我采用了一个完全置身于故事之外的"我"，一位修女，这样做更是为了增加一种冲突的游戏。

一个叙述者兼评论者的"我"的出现使得我的一部分注意力从故事情节转移到写作活动本身，转移到复杂的生活与以字母符号排列出这种复杂性的稿子之间的关系上。从一定意义上来说，与我相关的只有这种关系，我的故事变得只是修女手中那支在白纸上移动的鹅毛笔的故事。

同时我也感觉到，往下写，故事中所有的人物彼此相似起来，他们遭受相同忧虑的摆布，那位修女、鹅毛笔、我的自来水笔、我本人，也是如此，我们大家是同一个人，做同一件事情，感受同一种焦虑，经历同一次结果不满意的追寻。我相信，像小说家一样，任何正在做某件事情的人，他所想的一切都变成他所做的那件事情，于是在小说中，我将这一想法通过最后一次情节转折表达。就是说，我将写小说的修女与女武士布拉达曼泰变成了同一个人。这是我在最后时刻想出的一个戏剧性变化，我认为它的含义不比我刚才对你们所说的那些更多。但是如果你们愿意相信我之所想,那就意味着内心的智慧与外在的活力应当是一个统一体,信不信也由你们自己做主了。

  你们既然是随心所欲解释这三个故事的行家里手,就不应该被此刻我对它们的诞生所做的证言束缚。我想使它们成为关于人如何实现自我的经验的三部曲:在《不存在的骑士》中争取生存,在《分成两半的子爵》中追求不受社会摧残的完整人生,《树上的男爵》中有一条通向完整的道路,这是通过对个人的自我抉择矢志不移的努力而达到的非个人主义的完整——这三个故事代表通向自由的三个阶段。同时我希望它们是三篇如人们所说的"开放性"的小说,首先遵循人物的发展逻辑,它们作为故事是站得住脚的,但是我希望在读者中引发的未曾预料的提问与回答过程中开始它们真正的生命。我希望它们被看成现代人的祖先家系图,在其中的每一张脸上有我们身边人的某些特征,你们的,我自己的。

伊塔洛·卡尔维诺
1960 年 6 月